彼女たちのバックヤード

森埜こみち

Morino Komichi

彼女たちのバックヤード

もくじ

1章　詩織（しおり）――わたしにはわからない　4

2章　璃子（りこ）――そのくらいは許してほしい　26

3章　千秋（ちあき）――気持ちがよみがえったんだよ　48

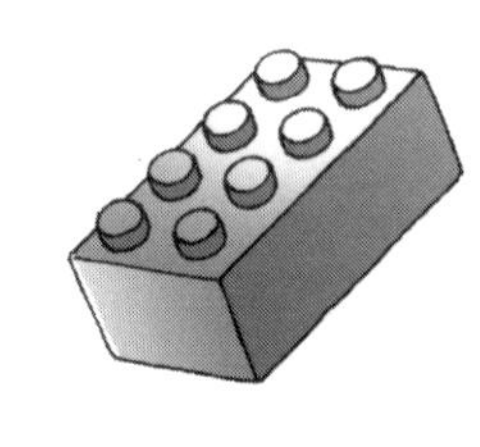

4章　詩織——ゆうくん、ことばをわかってるね　78

5章　璃子——言える相手だから言えるんだよ　99

6章　千秋——叫(さけ)ばせてやればいいじゃん　131

7章　千秋——乾杯(かんぱい)しよう　177

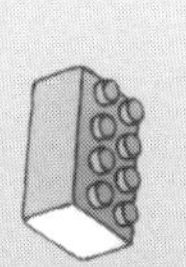

1章　詩織——わたしにはわからない

なぜ、こんなことになってしまったのだろう。

千秋が映画を観に行こうと言ったのは先週のことだ。

教室で話題になっていたのだ。映画館で観ると迫力が全然違う。音もでかいし、映像もでかい。なにより真っ暗だから没入感が半端ないと。

「こんどの日曜、あたしらも行こうよ。どう?」

うずうずとした目で千秋が誘う。

そのヒーローものの作品に興味があったわけではないけれど、中学生のうちに自分たちだけで映画館に行くの、わるくない。

「いいよ」

頭のなかでチケット代と交通費を考えた。なんとかなるな。

「わたし、どうしようかな」

璃子(りこ)は口ごもり、こんなことを言った。

「ねえ、うちに来ない？　ネットフリックスで映画観(み)ようよ。最新作は無理だけど、あのシリーズの旧作なら観られると思うし、ほかにもいろんなのがあるじゃない。わたし、弟の面倒(めんどう)をみなくちゃいけないんだよね」

映画を観たいのじゃなく映画館に行きたいのだと思ったけれど、璃子に弟がいて、その弟の面倒をみなくちゃいけないということばが気になった。

「弟いたっけ？」

千秋がきいた。

「うん。まだ二歳(さい)。泣いたら悪魔(あくま)になる」

「あ、わかる。うちにも、同じような悪魔三匹(びき)いるから」

千秋のことなら下にきょうだいがいると知っていたが、三人もいたのか。それもそんなに小さい子が。

わたしたちは、家族のことなど話したことがなかった。

「うちの弟、すこし変わってるかも」

璃子の目が前髪の下からこちらを窺うように上目遣いになる。リスに似ているなと思う。小さいけれど、硬い歯と爪をもっている敏捷な生きもの。

「そりゃあ、だれかさんの弟だもんな」

そう言った千秋の腕を璃子はぱしりとたたいて、かわいらしくにらんだ。

いま思えば、あのとき、もっときいておけばよかったのかもしれない。

「じゃあ、璃子んちに行くことにすっか?」

千秋はあっさりと映画館行きを引っ込め、わたしもすこし考え、同意した。中学三年は始まったばかり。映画館へ行く機会はまたあるだろう。

璃子の家は閑静な住宅街にある立派な家だった。門柱にはお洒落な照明がのっていて、夜になったら、これがやさしい灯をともすのだろうと想像すると、うっとりとなる。道々、千秋が話してくれたことに、なるほどとうなずきもした。

「璃子の母さんさ、ケーキとか、焼き菓子とか、自分でつくっちゃうの。それがびっくりするほどうまくてさ、子どもごころに感動したわー。ここんちの子になりてえって、本気で思ったもん。詩織んちの母さんもつくったりする？」

「そんなの一度もないよ」

「だよな。ふつうないよな。璃子んちの母さんが特別なんだよな」

璃子とは小学校の三、四年が同じクラスだったとも教えてくれた。

門柱にあるインターフォンを押す。

「あのー、すいませーん」

セールスマンみたいな千秋の口ぶりに笑いそうになる。

わたしたちの姿がカメラでわかったのか、目の前のインターフォンから璃子の声が聞こえた。

「そのまま門を開けて入ってきて。いま玄関開けるから」

通されたリビングは広くて、きれいで、小さな男の子が絨毯の上で積み木遊びをしていた。なにをつくっているのかはわからなかったけれど、小さな子がつくったとは思えないほど大きかった。

「ゆう、お姉ちゃんの友だちが遊びに来てくれたよ」

璃子が男の子に話しかける。

「こんにちはー、きれいなお姉さんが来たよー」

近づいたのは千秋だ。

ゆうくんは、あっあっと笑いながら、手でたたくようにして積み木を崩し、絨毯の上に廃墟をつくった。

「これはなんだ？　空飛ぶイカだー」

千秋は、廃墟のなかから三角の積み木を拾い上げて飛行機のように飛ばし、その飛行機をつかもうと、ゆうくんが手を伸ばす。千秋はだれとでもすぐに仲よくなる才能をもっているが、こんな小さな子まで守備範囲だったとは。

「ここにポットとお菓子を置いておくから。璃子、そっちは危ないからこっちでね」

璃子のお母さんがダイニングテーブルにお茶の用意をしてくれていた。素敵なおとなの女性とはこういうひとのことを言うのかな。やわらかいブラウスが似合っていて、わたしの母とはずいぶん違(ちが)った。

「おじゃましています」

　わたしたちは、ゆうくんを囲むようにすわっていたから、すわったままで頭をさげた。もっとちゃんと挨拶(あいさつ)をしたほうがいいだろうかとも思ったけれど、

「ママ、もういいから。だいじょうぶだから」

と、璃子がお母さんを追い出すようにし、わたしたちに向かって、にっと笑った。なんとなく不敵な笑(え)み。

　わたしたちはおしゃべりを始めた。

　ゆうくんは千秋のひざにすわって、三角の積み木を動かしている。空を飛ばしているつもりなんだろう。

「ゆう、すっかり千秋になついちゃったね」

　璃子がうれしそうに言う。

「この子は見る目があるよ。だれがいちばんきれいか、わかってる。ねえ、わかってるよねえ」

千秋がゆうくんのほっぺをつつき、ゆうくんがくふっと笑う。

「あのね、本当のことを言っていいんだよ」

わたしはふたりに聞こえるように、ゆうくんにささやいた。

「この子、いくつだっけ」

千秋がきく。

「二歳(さい)。もうすぐ三歳になるけど」

「ふうん、二歳か」

千秋の手がゆうくんの頭をなでる。

わたしは、こんな小さな子にどうやって接したらいいのかわからなくて、千秋の隣(となり)でただ見ているだけだった。

そのうちゆうくんは千秋のひざからおり、璃子に向かって手を伸(の)ばした。ああっ、うううっ、とさかんに話しかける。璃子には、ことばにならないそのことばがわかるのか、抱(だ)っこなの、とゆうくんを引き寄せ、お尻(しり)に手をあてがって、わたしたちのほうを向くようにひざに乗せた。うまいものだ。ゆうくんは、うううっ、あっあー、手を伸ばしたりにぎったり、ご機嫌だった。

　わたしたちは、わたしたちのおしゃべりをした。けど、そうしながらも、わたしはゆうくんを観察した。ひとりで、さっきの積み木をつくったのだとしたら、すごいと思う。その一方で、もうすぐ三歳なら、もっとことばを話すような気がした。どのくらい話すかはわからないけれど、ううう、あっあー、だけじゃない気がする。弟はすこし変わってるかも、と璃子が言ったのはこのことだろうか。

　ゆうくんと目が合ったから、笑いかけてみた。

うそっ。わたしのほうに来ようとする。どうしよう。ほんとうに来た。両手をわたしに向けて差し出すから、脇の下に手を入れて抱き、璃子をまねてくるっとひざの上に乗せた。あ、いいかも。この重さ、いいかも。重すぎることはなく、でも生きものを感じさせる重量感があった。ゆうくんのお尻からわたしの腿に、ほかほかとした体温が伝わってくる。わたしよりすこしだけ高い体温。ああ、小さい子って、こんな感じなんだ。ゆうくんがのけぞると、頭がわたしのあごを押す。でも、それもかわいい。髪の毛なんか、さらさらだ。ぐふふ、ぐふー、あー、うー、ぐふー、意味のわからないことばをつぶやくゆうくんの足にふれながら、おしゃべりを続けた。

ゆうくんが立ち上がろうとしたから、立ち上がらせた。

「いたたたた」

髪の毛をつかまれた。こめかみのあたりの毛を、ぎゅっとにぎって離さない。

「ゆう、そんなことしちゃ駄目」

璃子が言う。

「ゆう、駄目だってば。遊んでもらえなくなるよ」

璃子の声はのんびりしているようにしか聞こえない。

ああ、いつもの三つ編みにしてくれればよかった。

「まいった、こーさーん」

おどけて言ってみた。でもゆうくんは、ますます強く引っ張る。ぐふー、ぐふふ、ぐふー。半端じゃなく痛い。

「お願い、この子なんとかして」

璃子に訴えると、璃子の目がすうっと冷たくなった。

なぜそんな目でわたしを見るの？

「ゆうくーん、あたしと遊ぼう」

横から千秋がゆうくんを抱き取り、髪の毛が持っていかれた。

「いたたたっ」

「おお、ほんとだ。詩織、何本か抜かれたよ」

ゆうくんの手には、わたしの髪の毛があった。

「ごめん、詩織。でも、ゆうには悪気ないから」

璃子があやまる。

「うん、平気、平気」

でも怖かった。

すぐに千秋も髪の毛を引っ張られた。

「んなことすると、こうしちゃうぞ」

千秋はゆうくんをくすぐった。くすぐられたゆうくんは髪の毛から手を離し、からだをよじって、またつかもうとする。千秋はショートヘアだから、ゆうくんはつかみにくそうで、それでもなんとかつかんだ髪の毛を離すまいとする。まるで小さな怪獣だ。

　ゆうくんをくすぐる千秋の手がとまった。

　なにが起こったのか、すぐにはわからなかった。ゆうくんが千秋にひそひそ話をしているように見えたのだ。でも違った。頰にかぶりついていた。

「璃子、たいへん」

　璃子がゆうくんを千秋から引き離そうとしたけれど、ゆうくんは千秋の髪の毛をにぎり、頰にかぶりついたままだった。

「なにもしないで」

　千秋が鋭く言う。

　わたしはリビングのドアを開け、大きな声で呼んだ。

「おばさーん」

　千秋の頰には赤い歯形が残っただけで血は出ていなかった。璃子のお母さんは氷水で冷やしたタオルを千秋の頬にあて、家の電話番号をたずねた。

「おうちのかたに、おわびしなければ」

「このくらい平気です。もう痛くないし。あたしこそ、ゆうくんのいやがることをやっちゃったんだと思います。すいません」

千秋は頑として自分の家の電話番号を教えなかった。

「もし、なにかあったら、かならず言ってちょうだい。痛くなったり、熱をもつようだったり、なにかあったら、かならず」

なにごともなかったように積み木で遊ぶゆうくんを、璃子のお母さんはとても疲れたような目で見た。そして、ゆうくんを抱き上げると、リビングから出ていった。うぐぐ、ああっと、むずかるような声が廊下の奥から聞こえる。

「ごめんね、千秋」

璃子の目が真っ赤だった。

「あたしは平気だって。んなことより璃子、だいじょうぶ？　きついんじゃね？」

そのひとことで、璃子の目から涙が落ちた。

そして涙にぬれた顔をあげると、わたしに向かって言ったのだ。

「詩織がゆうをあんな目で見たからだよ。だから、こうなったんだよ。わかってる？」

ゆうくんを見ていたことを見られていたことに、どきりとした。

でも、わたしのせい？

なぜ？

なぜ、そんなことを言われなきゃならないのか、わからない。ひどくないか。

「詩織のせいじゃないって。あたしのせい。あたしが調子こいて図に乗ったんだ。ごめん」

千秋があやまったけれど、もちろん千秋のせいでもない。

家の奥から聞こえるゆうくんの泣き声がひときわ大きくなり、わたしたちはいたたまれず、璃子の家を出た。ネットフリックスはまたこんどにしようと言って。

いったいなにが起こったのだろう。

「ほっぺ痛くない？」

歩きながらきいた。　けれど千秋は物思いに沈(しず)んでいて、

「うん」

と言ったきりだった。

すこし話がしたかったけれど、いまは無理だな。

「じゃあね」

駅前の交差点で別れた。

夕方、ラインに着信があった。
《千秋、ほっぺ、ひどくなってない？　ママがすごく心配してる》璃子
《だいじょうぶ。なんともなってない》千秋
ピースをするクマのスタンプも出た。
《ほんとうに？》璃子
《ほんとうにほんとう。このとおり》千秋
ボディビルのポーズを決めるクマのスタンプ。

ちょっと笑った。笑ったけれど、璃子が気にするのは千秋のことだけで、それは当然といえば当然のことではあるけれど、わたしに言ったことばについてはなにも感じていないいんだなと思うと、気持ちが沈んだ。

璃子の言うように、わたしがいけなかったんだろうか。

確かに、ゆうくんを観察した。じろじろ見たわけじゃない。そっと見たつもりだ。

でも、それがいけなかったんだろうか。わたしのひざにすわったゆうくんは、ご機嫌だったのに。ひざに乗せたわたしは、しあわせな気分だったのに。急にああなってしまった理由が、わたしにはわからなかった。

璃子と千秋のスタンプのやりとりに割り込むようにして、なにはともあれよかったとコメントし、ブヒッとブタが笑うスタンプを送った。

月曜日、千秋は頬に五センチ角の傷パッドを貼って登校した。

だれよりも心配したのは璃子だ。

「どうしたの？」

「かっこ悪いから、しばらく隠すことにした」

「見せて」

「やだね。笑うから」

「笑わないよ。どうなってるか見せて」

「どうにもなってないって」

「なら、なんで」

「千秋、顔どうしたの？」

クラスメートたちも寄ってきた。

「詩織にかじられた」

「えっ」

みんながわたしを見る。

「うん。千秋が憎たらしいことを言うから、がぶっとね」

クラスメートたちが笑う。

「ほんとうはどうしたの？」

そうきくひともいたが、

「ほんとうに、わたしががぶっとしたの」

と言うと、目をくるりとさせて、もうきいてこなかった。

放課後、だれもいなくなった教室で、傷パッドの下を見せてもらった。歯形のまわりが見事に内出血している。

「どう？」

千秋がきいてくる。

「よく我慢(がまん)したね」

「そうじゃなくて」

「かなり紫(むらさき)。そのうち緑になって、黄色になるんじゃない？　カメレオンみたいに」

「やっぱ隠(かく)しておくわ。璃子には絶対言うなよ」

「うん。わかってる」

わたしたちは体育館に急いだ。部活が始まる。

＊＊＊

わたしが卓球部に入ったのは、千秋に誘われたからだった。さして運動神経がいいわけでもないのに入部したのには理由がある。

中学にあがる直前に、わたしと母はこの町に引っ越してきた。オンボロのアパートから、オンボロのマンションへ。どんなにオンボロでも、母がひっしに貯めたお金で、やっと手に入れることができたわたしたちの家であり、狭いながらも自分の部屋まで与えられたのだから、引っ越しはうれしかった。

引っ越し屋さんが荷物を運び終えると、段ボール箱を開けるのもそこそこに、近くのスーパーにふたりで出かけ、食料品を買った。母にもわたしにも晩ご飯をつくる余力なんてもうなかったから、できあいのお惣菜をいくつか買った。お寿司も買った。そして祝杯をあげた。母はワインで、わたしはペットボトルのジャスミンティーで。まだ開けていない段ボール箱の山を見ながら、割り箸を割り、透明なぺらぺらのパックから直接お惣菜を食べ、お寿司をつまむ。きょうからここで暮らすのだと思えば、じんわりとうれしさが込み上げてきた。

でも、さすがに入学式の日はこころぼそかった。知っているひとがだれもいない。ぽつんと立っていたわたしに声をかけてくれたのが千秋だった。

「どこ小？」

最初にきかれたのは、そんなことだったと思う。

千秋の知らない小学校の名前を教え、引っ越してきたのだと伝えた。

千秋はなるほどという顔をして、

「あたし、千秋、よろしく」

と片手を出した。

その握手がどれほどうれしかったか。

千秋は、輪から外れているひとを輪のなかに入れるのがじょうずだった。何気なく、やってくれる。おかげでわたしも、すぐに学校に通うのが楽しくなった。

その千秋から、卓球部に入らないかと誘われたとき、断る理由はなかった。運動神経も体力もなかったのに、卓球ならなんとかなりそうだと思い、それは実際にやってみると大間違いだったけれど、でも、顧問の先生が来ることはほとんどなく、部活というより同好会みたいなものらしいという情報はほんとうで、わたしはゆるい部活生活を楽しんでいた。からだを動かして汗を流すのは気持ちがいい。好きな友だちといっしょなら、なおさらだ。

二年のときは千秋と別のクラスになったが、三年でまた同じクラスになり、わたしたちは抱き合って喜んだ。

＊＊＊

部活が終わったあとの昇降口で、千秋に愚痴った。

「どうして璃子は、ゆうくんのことを、わたしのせいだって言ったんだろう。わたし、ゆうくんをじろじろ見たわけじゃないよ」

千秋なら、わたしの気持ちをわかってくれると思っていた。

「髪の毛引っ張られたとき、なんで、とめてくれなかったんだろう。ふつう、とめるんじゃない？　そんなことしちゃいけないって叱るんじゃない？」

外履きをつかんだ千秋の手がとまった。

「そうしない璃子のほうこそ、おかしいよ」

千秋はなにも言ってくれない。

「ねえ、どう思う？　璃子、おかしいと思わない？　なんでわたしのせいなの？」

言いつのった。

千秋はわたしをじろりと見た。

「髪の毛の二、三本くらい、あの子にくれてやればよかったじゃん」

すぐには反応できなかった。

確かに、そうだったのかもしれない。

大騒ぎなどせず、髪の毛の数本なんかくれてやればよかった。

そうすれば、ゆうくんの気がすんだのかもしれない。

たったそれだけのことだったのかもしれない。

でも腹が立った。気持ちをわかってもらえないどころか、おまえはなんて器の小さい人間なんだとたしなめられた気がして、責められた気がして。

「髪の毛を抜かれてもいいだなんて、そんなのおかしいよ。髪の毛は引っ張っちゃいけないし、顔にかぶりついてもいけない。当たり前のことじゃない。ゆうくんが、いくらふつうと違っていたとしても、駄目なものは駄目と言わなきゃ」

千秋は、わたしを虫けらでも見るような目で見た。

「なら、自分で言えばよかったじゃん。髪の毛引っ張るなって、言えばよかったじゃん。自分では言えないくせに、璃子に求めるな。ゆうくんがふつうと違うって、詩織はいったい、何様なんだよ」

冷たい水を頭からぶっかけられたら、こんな気持ちになるのだろうか。喉が詰まったようになり、なにも言えなくなった。

いまでも思い出すと怒りが込み上げてくる。

2章　璃子――そのくらいは許してほしい

ゆうはなんで、あんなことをしちゃったんだろう。

詩織のせいではない。それはわかっていた。ゆうは嫌(きら)いなひとには絶対に近づかない。そのゆうが自分から近づいてひざに乗ったのだから、詩織に見られていたことなんか、ゆうはなんとも思っていないし、それどころか好きなのだ。詩織のことも千秋のことも。

なら、なんであんなことを。

あまえてやっちゃった?

遊んでもらって興奮した?

ゆうに髪(かみ)の毛(け)を引っ張られたことなら、わたしにもあった。でも抜(ぬ)けるほど強く引っ張られたことはないし、ましてや、ほっぺをがぶするだなんて。ああ、もう。お姉ちゃんには理解不能。おもちゃをがぶするなら、わかるよ。ぬいぐるみなら、まだわかる。でも、ひとの顔だよ。顔だって、わかんないのかな。わかんないなら、あんたは、そうとうのアホだよ。これから先、生きていけないよ。ママがあんたのこと異様に心配するの、いまはわかる。

ママは落ち込んでいた。千秋の様子をラインで確かめて教えてあげると、ほっとしたようだったけれど、それでもまだ不安そうにぼんやりとしている。まるで水の底でひざを抱えてじっとすわっているみたいに。ときどきこうなってしまうけど、なんでだろう。

水の底にすわっているママにたずねた。

「どうしてゆうは、千秋のほっぺをがぶしたんだろう」

たずねないではいられなかった。

ママは疲れたような目でわたしを見ただけで、答えてくれない。

「ゆうってさ、よくがぶするよね。あれ、なんで?」

パパがレゴを買ってきたときもそうだった。箱から出したばかりのレゴを口のなかに入れようとし、ママをあわてさせた。飲み込(のこ)めるはずなどないのに、ママはあれからゆうにレゴを与(あた)えていない。どこかに隠(かく)してしまった。

「赤ちゃんはみんな、そう。なんでも口のなかに入れようとする。璃子だってそうだったのよ」

水の底からママが答えてくれる。

通信が途絶(とだ)えてしまわないよう慎重(しんちょう)に声を出す。

「わたしも？」

「そうよ。だから、あなたが飲み込んでしまいそうなものは、あなたの手の届くところには置かないようにしたもの」

へえええ。

「じゃあ、わたしも、ゆうみたいに、がぶしたりした？」

「乳首(ちくび)ならね」

え。

「母乳で育てたから、嚙まれたわよ。璃子にも、ゆうにも」

「痛かった？」

「そりゃあね」

初めて聞いた。こんな話。

でもそれなら、ゆうが千秋のほっぺをがぶしたことも、そんなに驚かなくてもいいのかな。そうだといいな。

ママの顔色を見ながらもう一度、たずねた。

「ゆうは、なんで千秋のほっぺをがぶしたのかな」

ママの口から、答えは出てこなかった。

「お医者さんにきいてみたら？」

わたしはどうしても答えが知りたい。

ママは顔に手をやった。

「やめてちょうだい、そんなこと言うのは。たまたまよ。あれはたまたま。いつもゆうがそんなことをするわけじゃないでしょ。もう二度と言わないで。それより、璃子のお友だち、なんか言ってなかった？」

「なんかってなに」

「ゆうのことよ。ことばのこととか」

がぶより、ことばなの？

「なにも言ってないよ」

なにも言っていないけど、ふたりとも気づいたはずだ。千秋は下に三人いると言っていたし、詩織はさぐるような目で見ていたから。

「そう」

ママは水の底で目をつぶった。わたしの答えにほっとしたのか、そうじゃないのか、ママの気持ちはわからない。

いつごろから、ママはおかしくなったんだろう。

去年のいまごろかな。いや、もっとまえからだ。ゆうがそろそろことばを話してもいいはずなのにと気にするようになってから、すこしずつ、すこしずつ。

一歳半（さいはん）の健診（けんしん）から帰ってきたときは、ひどく思いつめた顔をしていた。

「やっぱり、ことばの遅れを指摘されたわ」

それからのママは、ゆうにことばを教えるのにひっしになった。これはなに、あれはなに。ひっきりなしに教えた。見ているこっちがいらいらするくらいに。

でも、ゆうは、ママの望みをかなえてはくれなかった。それどころか、凄まじい声で泣くようになった。教えようとすればするほど泣く。耳をふさぎたくなるような声で泣く。

「この子はどこかおかしい」

ママはいろんな病院にゆうを連れていき、検査をしてもらったけれど、原因はわからなかった。

「焦らずに様子を見ましょう。発育のしかたは、お子さんそれぞれですから」

そう言われただけだった。

焦らずに様子を見ましょうと言われることが、ママにはいちばんつらかったのだろうと思う。こうしてくださいと言われれば、ママはそうした。でも様子を見ましょうと言われれば、ママにはどうすることもできなかった。焦らずにいることなんか、できなかった。

「このままじゃ、この子どうなるの?」

せっつくようにパパに不安をぶつけると、パパはいらついた。

「医者が様子を見るようにと言ってるんだろ? なら、そうするしかないじゃないか。母親がそんなにおろおろしてどうするんだ」

「あなたは、ゆうのことが心配じゃないの?」

パパはママを憐(あわ)れむように見た。

「おまえみたいに心配してよくなるのなら、いくらでもするよ」

パパの言うこともわかる。でもね、パパ。ママが言うとおり、ゆうはどこかがおかしいんだよ。パパだって、そのことをわかっているでしょ。

ゆうは赤(あか)ん坊(ぼう)のときからよく泣いた。ママがことばを教えるのにひっしになるまえから、よく泣いた。だからママは、ゆうを連れて電車に乗ることをしなかった。まわりに迷惑(めいわく)をかけるから。

夜中に泣かれると、目が覚める。それがいやで、パパもわたしも耳栓(みみせん)をした。でも、耳栓くらいじゃ、ゆうの泣き声は防げなかった。パパはゆうから逃げるように寝室を変えて、ひとりで寝るようになった。パパを責めることは、わたしにはできない。夜泣きが始まると、わたしだって布団を頭からかぶって聞こえないようにしていたから。ゆうの喉をぎゅっと絞めてやりたいと思ったことだってある。

ある夜、ママがパパのことをひどくなじった。

「どうしてあなたは、ゆうの面倒をみてくれないの。どうして、わたしにばかり押しつけるの。休みの日だって、ろくに家にいてくれないじゃない。いたと思えば、だらだらとだらしなく寝ているだけ」

パパが怒鳴り返した。あんなに大きな声を聞いたのは初めてだった。

「それなら俺がゆうの面倒をみるよ。その代わり、おまえが外に出て稼いでこい」

わたしは、ふたりが言い争う姿を見たくなかったから自分の部屋に引っ込んでいた。でも、聞き耳だけは立てていた。パパのことばはサイテー。モラハラというやつだ。世間的には許されないことば。だけど、と思う。わたしがママだったら、ああ言われたら、ゆうをパパに預けて、外に出て稼いでやる。言われっぱなしなんていやだ。

でもママは、なにも言い返さなかった。そして、たぶんそのときからだ。パパに文句を言うのをやめてしまい、水の底にすわってぼんやりとするようになった。こころをやられちゃったんだ。

パパがママを病院に連れていき、ママはカウンセリングを受け、薬をもらうようになったけれど、ぼんやりは治らない。もしかしたら、薬のせいでぼんやりするのかもしれないけれど。

料理や掃除がうまくできなくなってしまったママのために、パパは週五日、家事代行サービスを頼んだ。だから家のなかはきれいだし、冷蔵庫や鍋のなかには温めれば食べられるものがあって、不自由することはない。不自由することはないけれど、パパの帰りは遅くなり、土日もほとんど家にいなくなった。いたくないのかもしれない。怒鳴り合う声がなくなったと同時に、笑い声もなくなった。

わたしは吹奏楽部をやめた。塾もやめて、家庭教師にしてもらった。すこしでもママのそばにいてあげたかった。

ゆうよ、とわたしはゆうに言ってやる。

あんたが生まれてくるまで、わたしたちはしあわせだったんだよ。
あんたがこの家をめちゃくちゃにしたんだよ。
ぜんぶあんたのせいだよ。

千秋が映画を観に行こうと言ったとき、行こうかなと思った。真っ暗な映画館のなかで椅子に沈み込み、パパのことも、ママのことも、ゆうのことも忘れて、ただただ映画のなかに入りたいと思った。

なのにどうして、家に来てほしい、ネットフリックスでいっしょに映画を観ようだなんて言っちゃったんだろう。たぶん、わたしの状況を知ってほしかったからだ。この状況から、わたしを救い出してほしかったからだ。千秋に。

初めて千秋と会ったのは、小学校三年生のときだ。二学期の途中で転校してきた千秋は、男子にはもちろん、教師にだって平気でつっかかっていった。そんなことをするひとなんてほかにいなかったから、みんなはびっくりして千秋を避けたけれど、わたしは気に入った。

ふたりだけでブランコを漕(こ)いだこともある。どっちがより高く漕げるか、チキンゲーム。九十度に近づいたときは、心臓がばくばくした。ブランコのギーコギーコと叫(さけ)ぶような音と、お尻(しり)に感じるいまにも崩(くず)れそうな遠心力。ぬるりと汗(あせ)をかいた手のひらに感じる鉄の不規則な揺(ゆ)れ。怖(こわ)いのにやめられなくて、行ったり来たりする空に、からだごと落ちていきそうだった。

チキンゲームにどっちが勝ったのかは憶(おぼ)えていない。憶えているのは、隣(となり)のブランコで千秋が笑い出したことだ。つられて、わたしも笑った。ゲラゲラと笑いながら、ブランコの勢いにまかせて揺られていた。

千秋になら、わたしの気持ちがわかるはずだ。大声で叫び出したくなるこの気持ちが、わかるはずだ。

五年ぶりに千秋と同じクラスになったとき、印象が変わったと思った。触(ふ)れたら手が切れそうな感じが消えていて、なんというか、サバンナで群れを守るリーダーのようになっていた。でも、千秋は千秋だ。いっしょにいると楽しいし、どんなに印象が変わっても、一皮むけば、あのころの千秋がいるはずだ。

詩織のことはよくわからない。理屈っぽくて話は合わなかったし、正しいことしかしませんって感じが嫌い。あの長い髪もいや。なんでそんなに伸ばしているのときいたら、ヘアドネーションをするからだと言った。じゅうぶんな長さになったらバッサリ切って寄付するの。切った髪は、病気とかで髪の毛をなくした子どもたちのウイッグになるのって、わたしに教えた。カット代も節約できるし一石二鳥だと、感じよく笑った。そういうところが、たまらなくいや。いい子アピールなんかやめてほしい。わたしにとって詩織は、千秋の友だちというだけの存在だ。千秋を誘えば、千秋が詩織もと言うのがわかっているから、誘っただけだ。

その詩織がゆうのことを盗み見ているのがわかったとき、いやな気分になった。あの目は、わたしの家庭教師のお姉さんと同じ目。ゆうのことを、この子はどこかがおかしいと思い、どこがおかしいのかをさぐろうとしている目。それがわかるから、わたしはお姉さんに、なんにも教えてあげない。詩織にも教えたくない。

ゆうが詩織の髪の毛を引っ張ったときは面白かった。ざまあみろとも思った。でも、そんなに強く思ったわけじゃない。ひどいことになるまえに、とめようと思っていた。ほんとうにそう思っていた。けど詩織が、この子なんとかしてと言ったとき、あとすこしだけ詩織をこまらせてやりたいと思った。それがまさか、あんなことになるなんて。

ゆうが千秋の頬にかぶりついたのがわかったとき、罰が当たったと思った。詩織にざまあみろと思った罰が当たったって。助けを求められたのに助けなかった罰が当たったって。

あわててゆうを叱ったけど、わたしがどんなに言っても、ゆうはがぶをやめてくれなくて、無理やり引き離そうとしたら千秋にとめられて、なにもできなかった。できたことは、ゆうが自分からがぶをやめたとき、抱き取ったことだけだ。

ママが千秋の頬を手当てしてくれたとき、どれだけほっとしたかわからない。水の底からじゃぶじゃぶと出てきて、やるべきことをやってくれたことがうれしかった。冷蔵庫から氷を出して水に入れ、その氷水でタオルを冷たくして、千秋の頬にあてるママの手が頼もしかった。

だけど、ママがゆうを抱き上げ、疲れた顔をしてリビングから出ていったとき、なんとも言えない思いに襲われた。胸の奥が押しつぶされるような感じ。千秋に、きついんじゃないのと言われて、泣いてしまった。そして、そんなわたしを、詩織が心配そうに見ているのがわかったとき、なんでだろう、どうしようもなく腹が立った。腹が立って、立って、それで言ってやったんだ。こうなったのはぜんぶ、あんたのせいだよって。

ふたりが帰ったあと、わたしのなかにあったのは怒りだった。その怒りを、詩織ひとりに向けた。いつまでも、そうやっていたかった。なのに、月曜の朝には、それはうすぼんやりとした悲しみというか、うっすらとした後悔になっていた。

詩織にあやまろうと思った。あれは言いすぎだった。

けれど放課後の教室で、千秋が傷パッドの下を詩織に見せているのを見たとき、そんな思いは吹っ飛んだ。なぜわたしにではなく詩織に見せるの？　詩織なんか大嫌いだ。あんなひと、いなくなればいい。

その日、どうやって家に帰ったのかわからない。

リビングに入ると、ゆうはいつものように積み木遊びをしていて、ママはぼんやりとテレビを見ていた。

「ただいま」

「お帰り。きょうの晩ご飯は煮込みハンバーグよ。好きでしょ」

「うん、いい匂いがする」

キッチンのほうに鼻を向け、くんくんしてみせる。でもそのハンバーグ、ママがつくったんじゃないよね。

ゆうが、ああああっと叫んで積み木を崩した。崩したのに、あうあうと手をたたいて喜ぶ。

ゆう、あんたも変。どっかおかしい。つくっては崩し、つくっては崩し、積み木ばかりして、いったいなにが楽しいの?

なのに、ゆうが寄ってくる。あっああと、わたしの腰をつかむ。

「ちょっと待って」

急いで着替えをすませ、教科書と参考書を持ってリビングに戻る。

「璃子、自分の部屋で勉強してもいいのよ。ママ、きょうは調子がいいから」

「でもここでする。ここでするのに慣れちゃったから」

べつに真剣に勉強しているわけじゃない。テレビの音を聞きながら、ときどきはゆうの相手をしながら、だらだらとやっているだけ。ママがどうしても高校は私立にしてほしいというから、受かる程度には勉強して、制服がかわいいところに行こうと思っているだけだ。

「ねえ、ママはどうして、わたしを私立に入れたいの?」

「だって私立のほうが環境がいいもの」

「公立と私立って、そんなに違うの?」

「違うと思うわ。いじめだって、ないだろうし」

「わたし、いじめられてないよ」

むしろ、いじめるほう。

「璃子はいじめられていなくても、クラスのなかにいない? いじめられているひと」

「どうかな」

二年のときは、気持ち的に相手を追い詰めるみたいないじめがあった。暴力こそ、だれもふるっていないと思うけど。

「ほんとうはママ、あなたのことを小学校から私立に入れたかったのよ。でも、パパが義務教育は公立でいいって」

「パパなら言いそうだね」

「璃子だって、そうしたいと言ったのよ。あなた、パパっ子だったから」

憶えていなかった。自分がそんなことを言ったなんて。

「でもお願い。高校は絶対に私立にして。それだけはママの意見を聞いてちょうだい」

「うん。いいよ」

エスカレーター式に大学まであがれるところにすれば、あとが楽だ。

ママの調子がほんとうによさそうだから、きいてみた。

「ねえ、ママは、なにになりたかったの?」

「なにって？」

「職業とか」

「お嫁さん」

わたしは思わずのけぞった。

「いまどき、幼稚園の子どもだって、お嫁さんになりたいなんて答える子、いないよ」

「幼稚園のころは、そうね、ケーキ屋さんになりたかったかな」

「それが、どこで、どうして、お嫁さんになったの？」

「大学に入って、就職活動をするころかな。現実が見えてきたのよね。就職しても、好きなしごとができるとは限らない。そりゃあ、努力をすれば、できるようになるかもしれないわよ。でも、そもそもママには、そこまでしてやりたいというものがなかったのよ。これをどうしてもやりたい、というものがね。それなら結婚して、お嫁さんになるほうがずっといい。お嫁さんになって、家のなかを自分の思いどおりに、自分の好きなようにするの」

ママのことばには、わたしをどきりとさせるものがあり、その正体がなんなのかはわからなかったけれど、なにか言わずにはいられなかった。

「ママにだって才能あるよ。ママのつくる料理はぜんぶおいしいし、ケーキだって、クッキーだっておいしい。料理人にだって、パティシエにだってなれると思うよ」

「料理人の世界なんて、それこそ大変よ。おっかない親方がいて、その下で厳しい修業に耐えなくちゃいけない。絶対そう。パティシエだって、同じようなものだわ。職人の世界だもの。ママね、そんなのいやだったの」

ママがくすっとした。

わたしは可笑しくなった。うれしくもなった。ママが水から顔を出して、ちゃんと空気を吸ってしゃべっているのがわかったから。

「じゃあさ、刺繍屋さんになるのは？　ママうまいじゃない」

パパのハンカチにも、わたしのハンカチにも、イニシャルが刺繍してある。布巾の一枚一枚にだって、野菜やくだものが刺繍してある。ぜんぶママが刺したものだ。

「あれはただの趣味。プロにはなれないわよ」

「そんなことないよ。やってみたら？」

パパには、励ますことばに注意するように言われていた。励ますつもりが、かえってママを追い詰めることになるかもしれないから、気をつけるようにと。

ママは目をふせた。

「璃子には、ママの夢がつまらないものに見えるかもしれないけれど、ママね、ほんとうにお嫁さんになりたかったの。好きなひとと結婚して、素敵なお嫁さんになって、素敵な奥さんになって、素敵なお母さんになりたかった。それが、ママがなりたかった理想の自分。ママにとっての、しあわせの形だったの。失敗しちゃったけど」

「失敗なんかしてないよ。ママは失敗なんかしてない」

ママのことばを否定した。否定しないようにとパパに言われていたけれど、そしてそれは、お医者さんがパパに言ったことではあるけれど、でも、はい、ママは失敗しましたなんて、言えるわけがない。だいたい、素敵なお嫁さん、素敵な奥さん、素敵なお母さんって、だれが決めるの？　パパ？　わたしとゆう？　それともママ自身？

それとも、ほかのだれか？

ママの目はなにかを探すようにうろうろとした。

「璃子、頭が痛くなっちゃった。すこし休んでいいかしら」

「う、うん」

やっぱり、否定することばを言っちゃいけなかったのかな。

ママがリビングから出ていったのを確認(かくにん)して、ゆうのそばに行き、呼びかけた。

「ゆう」

ゆうが積み木から目を離(はな)す。

「お姉ちゃんがあんたを呼んだの、わかったよね」

「わかったんでしょ」

「わかったなら、ちゃんと返事をしてよ」

「あんたがそうしてくれたら、ママはあんなふうにならないんだよ」

「お姉ちゃんの名前は、璃子。り、こ。言ってごらん」

ゆうの顔がゆがむ。泣くつもりだ。

しゃがんで、ぎゅうっと抱(だ)いた。お願いだから泣かないで。泣いたら、わたし、あんたの喉、絞めちゃうかもしれないよ。だから泣かないで。
ううっ、ううぅっ。駄目だ、泣く。腕のなかでもがくゆうを放した。
千秋がやったように、三角の積み木をとって、空を飛ばしてみる。ゆうは泣くのを
やめて、積み木をつかもうとした。
お姉ちゃんね、ときどき、あんたのことが憎らしくなる。
でも、ときどきだから。
そのくらいはいいよね。

3章　千秋——気持ちがよみがえったんだよ

ゆうくんにがぶされたあとの帰り道はきつかった。がぶされるほど、あたしはあの子に嫌われたのかって、まじ落ち込んだ。なつかれているような気がしていたから、なおさらだった。あたし、なに勘違いしてたんだって、情けなかった。

詩織が話しかけてきたけど、ダメージが強くて、なにをきかれたのかも、わからない。早くひとりになりたくて、なりたくて、なってからも、ゆうくんのことばかり考えて、あたし、なにやってんだ、なにやってんだ、なにやってんだーって、頭をぼかぼかたたきたかった。

そして、思い出したんだ。あたしも、ゆうくんと同じようなことをしたことがあるって。ああ、あのとき陽子ちゃんは、こんな気持ちだったのか。そう思ったら、すまなくて、すまなくて、泣けてきた。ごめん、陽子ちゃん。ほんとうに、ごめん。

マンションのドアを開けると、子ども番組のにぎやかな音が聞こえてきた。

「あ、姉ちゃんだ」

チビたちがまとわりついてくる。かわいい。母親違(ちが)いのきょうだいだけど、こいつらはあたしのことが大好きだ。

「お帰りー、早かったねー」

陽子ちゃんの声はキッチンからだ。

あたしはチビたちをテレビの前に戻(もど)し、キッチンに入った。

「璃子ちゃんち、どうだったー」

トントントンと千切りキャベツのいい音がする。

「ごめん、陽子ちゃん」

「なにがー」

「ほんとうに、ごめん」

「なにがー」

「あたし、きょう、かじられた」

「かじられた？」

包丁の手がとまった。

「どこ？」

「ここ」

ほっぺたを指差す。

「ああ、ほんとうだ。赤くなってる。どうした？」

「だからかじられた」

「だれに？」

「それはちょっと」

陽子ちゃんは、首を傾げた。

「秘密なんだ？」

「うん。あたし、怖かった。まじ怖かった。そんでもって、情けなかった。あのときは、ごめんなさい。干し柿」

それだけで陽子ちゃんにはわかったみたいだ。そんな昔のこと、あやまらなくていいよって、あたしの髪をくしゃっとした。

「ちょっと待っててね」

陽子ちゃんは、チビたちが熱を出したときに貼るやつを、あたしのほっぺたに貼ってくれた。ひんやりして気持ちがいい。気持ちはいいけど。

「なんで、こんなの貼るの？」

「隠しておいたほうがいいと思うよ。あんたのお父さんが気づいたら大変。娘の顔に傷をつけたのはどこのだれだって騒ぎ出すかも」

「だけどこれ、おでこに貼るやつじゃん。ほっぺたに貼るって、変じゃん」

「歯が痛いとでも言ったらいいわよ。それにたぶん、冷やしておいたほうがいいと思う」

陽子ちゃんは、それいじょう詮索しなかった。

このひとはそういうひとなんだ。

陽子ちゃんが、あたしの母さんになってくれて、ほんとうによかったと思っている。母さんって、呼んだほうがいいのかな。けど、呼べば、陽子ちゃんは笑うだろうな。そして言うだろうな。無理しなくていいよって。陽子ちゃんは歳の離れた姉ちゃんという感じだし、この呼び方がしっくりきている。陽子ちゃんは、あたしの陽子ちゃんだ。

晩ご飯に間に合うように帰ってきた父さんが、あたしの顔をまじまじと見た。

「どうした？」

「歯が痛い」

いきなり気づくとは、ちょっと思わなかった。

「歯医者は早く行ったほうがいいぞ」

「うん、でも、親知らずみたいなんだよね。生えようか生えるのやめようか、迷ってるみたい。だからしばらく様子見る」

陽子ちゃんの入れ知恵どおりに答える。

「親知らずか。うまく生えてくれればいいが、変に生えたら抜かなきゃならんからな」

　父さんはまるで自分が歯を抜かれるみたいに顔をしかめた。


　翌朝、ほっぺたのことはすっかり忘れていた。貼ってたやつは、寝ているあいだにとれて、どこかにいっていたし、痛みだってなかったし。けど顔を洗って鏡をのぞいたら、やべっと思った。きのうはよく見なければわからなかった歯形が、いまは紫になって浮かんでいる。きのうのやつを冷蔵庫から出して貼った。

　家を出るまえ、陽子ちゃんに呼びとめられた。

「見せてね」

　ほっぺたを点検し、傷パッドに貼り替えてくれる。

「内出血しているだけだから、だいじょうぶだと思うけど、痛みはある？」

「ない」

　あたしの目をのぞき込む。

「こまっていること、ある？」

「ない」

「そう。それならいい。あるときは、いつでも言ってね」

「うん」


放課後の教室で、詩織に傷パッドの下を見せた。

「どう？」

「かなり紫。そのうち緑になって、黄色になるんじゃない？　カメレオンみたいに」

詩織はそんなことを抜かしたあと、大事にならずよかったと、自分のことのように、ほっとしてくれた。

ゆうくんにがぶされたショックは、だいぶ薄らいでいた。寝て起きて、食って出して、こうやってしゃべっているうちに、どんな痛みも薄らいでいくんだろう。しまいには、きれいさっぱり消えてなくなる。そう思った。

でも、違ったんだ。

自分のなかから消えてくれない痛みもあるってことに、そのあと気づくことになった。

部活が終わったあとの昇降口で、めずらしく詩織が璃子のことを愚痴った。

「どうして璃子は、ゆうくんのことを、わたしのせいだって言ったんだろう。わたし、ゆうくんをじろじろ見たわけじゃないよ」

「髪の毛引っ張られたとき、なんで、とめてくれなかったんだろう。ふつう、とめるんじゃない？　そんなことしちゃいけないって叱るんじゃない？」

「そうしない璃子のほうこそ、おかしいよ」

「ねえ、どう思う？　璃子、おかしいと思わない？　なんでわたしのせいなの？」

ふつう、とめるんじゃない？

そんなことしちゃいけないって叱るんじゃない？

いらっとした。どうしようもなく、いらっと。

「髪の毛の二、三本くらい、あの子にくれてやればよかったじゃん」

吐き捨てるように言っていた。ほかにも、なにか言ったかもしれない。憶えていない。

あんなこと、言うつもりなんかなかった。
言うつもりはなかったけれど、でも、あれは、あたしの本音だった。

ふつう、とめるんじゃない？
そんなことしちゃいけないって叱るんじゃない？

叱るな。
そんなことで叱るな。
叱るのが当然だ、なんて思うな。
怒りがわくのを、とめられなかった。

そのことがあってから、詩織と顔を合わせるのが気まずくて、璃子がそばにいてくれるのが、ありがたかった。

それがいつの間にか、おかしなことになっていた。三人でならぶようにして歩いていたのに、詩織だけが後ろを歩くようになっていた。休み時間になれば三人で話をしていたのに、詩織は自分の席から離(はな)れなくなっていた。

なんでだ？

あたしのせいか？

詩織をシカトしたつもりはまったくなかった。けど、やっぱ、あたしのせいだよな。あのせいだよな。

給食は机を寄せ合っていっしょに食べていたから、あたしは仲直り作戦に出ることにした。

「じゃかじゃん」

傷パッドをはがした。

璃子がすぐに顔を寄せてきた。

「よかった。あとちょっとだね」

「うん」

詩織も見てくれ。そのうち緑になって、黄色になるんじゃない？　カメレオンみたいに。そう言ったよな。そのとおりだったよ。いまは黄色。ほらっ。

ところが、璃子がからだを動かし、詩織が見るのを遮（さえぎ）った。

なぜ璃子がそんなことをするのか、わからなかった。

「まだ怒（おこ）ってるの？」

詩織が璃子におずおずときいた。

「別に」

「ゆうくんのことは、ごめんなさい。自分ではじろじろ見たつもりはなかった」

「やめてよ、教室のなかでそういうこと言うの」

璃子が小さく叫（さけ）び、詩織は、ごめんなさいとあやまった。

「そういうところもいや。わるいと思っていないのにあやまるの、やめて」

詩織の顔から表情が消えた。

あたしはあわてた。

「どうした、ふたりとも？」

璃子も詩織も答えてくれない。

なんで、こんなことになっているんだ。あたしの頭はこんがらかってフリーズした。もともと頭のできはよくない。フリーズしたまま、黙々と給食を食べた。

頼りになるのはひとりしかいなかった。

あたしは陽子ちゃんにぜんぶ話した。なにもかも。

「そっか。ほっぺは璃子ちゃんの弟にかじられたのか」

「うん。因果応報ってあるのかな」

「あるかもねー」

陽子ちゃんはにやりとして、あたしのおでこをつついた。つついただけで、あのときのことは持ち出さなかった。

「璃子ちゃんと詩織ちゃんが、どうしてぎくしゃくしているかはわからないけれど、でも千秋、詩織ちゃんには、あんたがちゃんとあやまらなきゃ駄目だよ」

「なんで？　なんで、あたしがあやまるの？　あたし、間違ったこと言った？　あたし、腹が立ったんだよ。腹が立っちゃいけないの？　腹が立ったあたしがおかしいの？」

頭のなかで小さな火花がばちばちと飛んだ。

「あんたはおかしくもないし、間違ってもいない。でもね、千秋、考えてごらん。もしも、うちのチビたちがあんたの髪を引っ張って、何本か抜けて、それでわたしが、髪の毛くらいチビたちにくれてやりなさいって言ったら、あんた、どう思う？　悲しくない？　悔しくない？　あんたは、それと同じことを詩織ちゃんにしたんだよ」

あたしは、なんも言えなくなった。

部活が終わったあとの昇降口で、詩織に話しかけた。詩織があたしに愚痴ったときと、ちょうど逆だ。

「あのさ、話があるんだけど」

「なに？」

ひさびさに詩織と目が合った。

「いや、その」

「きのうのこと？　わたし無神経だったよね。教室のなかで、ゆうくんのことを話したりして」

詩織がため息をつく。

「あ、いや、どうかな。よくわからない」

「これから気をつける。じゃあね」

その話は終わりにしたいというように詩織は急いで帰ってしまったから、あたしは馬鹿みたいに取り残された。

なにやってんだ、あたし。

自分の顔を両手でばしっとたたいて、詩織のあとを追った。

夕暮れのひと通りのない線路わきの道で、やっと詩織に追いついた。

それなのに声をかけられない。

どうしたらいいんだ？

まるでストーカーみたいに詩織のあとを追った。そっとつけているのに、なんだろう、この感じ。詩織の背中がこっちを見ているような気がする。

あ、足を速めた。

あたしも速めた。

とまった。

あたしもとまった。

やべっ、振り向く。

とっさに、そばにあった電柱の陰に隠れた。

ああ、なにやってんだ、あたし。

無理だろ？

こんなんじゃ、あたしのからだは隠れない。

電柱の陰から出た。

詩織がこっちを見ている。

あたしだって、わかったみたいだ。

あたしは観念して、近づいた。


「なにやってるの?」

詩織はあきれたように、あたしを見た。

「ごめん。あやまりたくて」

「あやまる?」

「あたし、ひどいこと言ったじゃん。このまえ昇降口(しょうこうぐち)で。ごめん」

詩織はようやく訳がわかったという顔をした。

「つい、かっとなって」

「わたしの言ったことに、かっとなったんだよね」

「そうなんだけど、でも、そうじゃない。詩織のせいじゃなくて、あたしの問題」

「千秋の?」

「うん、あたしの問題。ちゃんと話す。話が長くなるけど、いいかな?」

詩織は考えた。

「すこし行ったところに小さな公園があるけど。それとも駅前のミスドにする?」

「どっちでもいいけど、ああ、やっぱ、公園のほうがいいや」

そのほうが話しやすそうだ。


公園に入り、ひとつしかないベンチにならんですわった。腹がグーと鳴る。

「ああ、やっぱミスドにすればよかったな」

情けねえ。

「いまから行く?」

「いい、ここでいい」

「わたしもお腹(なか)すいてるよ」

「なら、行くか?」

「でも、動くの、ちょっとめんどくさいかな」

「あたしも」

ふたりでくすっとした。くすっとして、ほっとした。そういえばこの一週間あまり、いっしょに笑っていなかったかも。

「ほっぺ、治ってよかったね」

「うん。ありがと。あのときのこと、あたし、最初から話す。そうじゃないとわかってもらえないと思うから」

目の前にある、だれも乗っていないブランコを眺めながら話を始めた。

「あたしさ、小学生のころ、すっごいわるガキだったんだよね。小三から小四にかけて、手がつけられなかった」

「ほんとに？」

詩織はちらりと、あたしをのぞいた。

「うん。ゆうくんとさ、同じこと、したことあるんだよね」

詩織が驚いたのがわかった。

「小三のときかな、そのひと、干し柿を食べていて、いらないって言ったのに、食べてみな、おいしいからって、すこしむしって、あたしの口のなかに入れたの。あたし、思わず口あけちゃったんだよね。しまったと思ったのかな。口とじたら、そのひとの指を嚙（か）んじゃって、それで、そのまま嚙んでやった。ガチッと。いまでも憶（おぼ）えてるよ、感触（かんしょく）とか。でも、さすがにそれいじょうやっちゃ駄目（だめ）だと思って、嚙むのをやめたら、そのひとの指が抜（ぬ）けて、干（ほ）し柿（がき）だけが口のなかに残った。父さん、新聞読んでたんだよね。そのひと、なんにも言わなかったから、父さん、なにがあったか全然気がつかなくて、いまでも知らないよ」

詩織はすこし考えた。

「ゆうくんが、千秋のほっぺをがぶっとしたとき、千秋、なにもしないでって言ったでしょ。それは、だから、なの？」

「あのときはとっさ。無理やりやれば、やばいことになりそうだと思ったから」

「そっか」

「でもさ、あのときここに、ほっぺたにさ、ゆうくんを感じたんだよね。ものすごくはっきり、ゆうくんをさ。試（ため）されているかもしれないって思った。あたしがどれくらいゆうくんを許せるか、試されているかもって。あんな小さな子が、そんなこと考えるわけないのに、そう思った。そう思ったのは、たぶん、あたしが指を噛んで、あのひとがなんにも言わなかったときのことを、頭のどっかで思い出したからなんだと思う。ちゃんと思い出したのは、あの日、詩織と別れたあとだったんだけどね。あのひとっていうのはさ、あたしの二番目の母さんになったひと。産んでくれた母さんは、あたしが小学校に入学してすぐ死んじゃったから」

「そうだったんだ」

「あたし、あのとき、このひとを信じてもいいかな、と思ったんだよね。大きな口をあけて笑うひとでさ。母さんが死んで、朝から晩までぼーっとしていた父さんが、すこしずつ元気になったのは、このひとのおかげだな、とも思ってた。そのひと、父さんよりずっと若いんだよ。でも、子どもごころにもさ、そのひとのほうが頼りになるって思った。けど、やっぱり駄目だった。いっしょに暮らすようになって半年も経たないうちに、引っ越すことになったんだよね。ふたつ先の町への引っ越しだから、距離はそんなに離れていなかったけど、学区が変わったから転校しなくちゃいけなくなって、友だちとも別れなくちゃいけなくなって、新しいマンションには母さんのものはなにもなくなって、家具とかも新しくなって、学校の行き帰りの風景もぜんぶ変わった」

　話していると、あのころの気持ちがよみがえってくる。

「あたし、ものすごく怒ったんだ。そういうことぜんぶが、いやだったの。このひとのせいかよって憎んだ。父さんがこのひとと結婚したから、こうなったんだよなって。そんで、わるいこといっぱいした。そのひとと、つかみあいの喧嘩したときは、髪の毛だって引っ張った。手あたりしだい、ものも投げた。そのひと、痣だらけになって、まわりからいろいろ言われてたよ。わるいことはわるいって言わなきゃ駄目よとか、叱っていいんだからね、叱らなきゃ駄目よとか。そういう声を聞くたび、あたし、からだじゅうの毛がぞわっと立つみたいになって、頭んなか、爆発しそうになった。なんであたしが叱られなきゃいけないんだって。そんなのおかしいって」

　あたしのなかには、あのころの怒りがまだある。こうやって話していると、そのことがわかる。執念深いなと、自分でも思うけれど。

「あのころ、あたしだけが悪者っつうか、面倒くさい子っつうか、父さんも、あたしのこと、腫れものにさわるようにするから、やってらんなかった。我慢できなくなると、ぎゃあああって叫んだ。ものすごい声で。あたしの気持ち、わかる？」

「わかると思う」

「昇降口でさ、詩織が、いけないことをしたら叱らなきゃ、とか言ったとき、あたし、あのころの気持ちがよみがえったんだと思う。からだじゅうの毛がぞわっとなって、叱るな、叱るのが当たり前だなんて思うな、ぎゃあああって感じ。それで、あんなこと言っちゃったんだと思う。ごめん」

「……うん、わかった。わかったと思う」

詩織は空を見上げた。さっきまであった桃色はもうなかった。

「詩織はいったい、何様なんだよっていうことばには、傷ついたけどね」

「あたし、そんなひどいこと、言った？」

「言った」

「ごめん」

「ううん。千秋が言ったことは正しかった」

「え」

「千秋、わたしに、こう言ったんだよ。自分で言えばよかったじゃん。髪の毛引っ張るなって、言えばよかったじゃん。自分では言えないくせに、璃子に求めるな。ゆうくんがふつうと違うって、詩織はいったい、何様なんだよって」

「うわっ、すんげえ偉そう」

「でも、それ、そのとおり」

詩織はふうと息を吐いた。

「千秋のことはわかった。話してくれて、ありがとう。でも、璃子はなんであんなふうに言ったのかな。詩織がゆうをあんな目で見たからだよ。だから、こうなったんだよ。わかってる？　って。わたし、わからないんだよね。なぜそんなことを言われなきゃならないのか、わからないの」

「あれ、ひどかったよな。璃子がなんであんなことを言ったのか、あたしにもわかんないけど、でも、たぶん、しんどかったからだと思うよ。しんどいときってさ、言いたくもないことを言ったり、したくもないことをしちゃったりすんの。あたし経験者だから、そこんとこは、よくわかる」

「そうなのかな」

まだ空を見上げている詩織の隣で、あたしはあのときの璃子を思い浮かべた。いまにも壊れそうだった。

「そう思うことにしようかな」

ようやく詩織がこっちを向いた。

「ねえ、千秋はそのひとと、二番目のお母さんと、いまはどう？」

「仲いいよ。陽子ちゃんっていうんだ。母さんっていうより、うんと歳の離れた姉ちゃんって感じ」

「歳の離れたお姉さんか」

「あのさ、陽子ちゃんのせいじゃなかったんだ」

「なにが？」

「いろいろ。引っ越すことにしたのも、家具を買い替えたのも、母さんのものをしまったのも、ぜんぶ父さん。陽子ちゃんは、このままでいいじゃないって言ったらしいんだ。でも、父さんがそれじゃあ駄目だった。父さんさ、母さんとの思い出がありすぎる町で、ありすぎる部屋で、新しい生活ができなかったんだって。思い出が重すぎて、できなかったんだってさ」

「お父さんがそう言ったの？」

「ううん。叔母さんが教えてくれた。あたしが陽子ちゃんのせいだ、ぜんぶ陽子ちゃんのせいだって、あんまり悪口を言うもんだから、教えてくれたんだ。叔母さん、すまなそうな顔になって、あんたの父さん、あんたに、母さんとの思い出が重すぎるとは言えなかったんだよ。それだけは、あんたに言えなかった。勘弁してやってねってさ」

詩織は黙ったままだった。

「あたし、叔母さんにきいたんだ。母さんの思い出が重すぎるって、どういうことって。そしたら叔母さん、なにをしても、あんたの母さんのことを思い出すってことだよって言ったんだ。なら、再婚なんかしなきゃいい。そうだろ？」

詩織はひどくこまった顔をした。

「叔母(おば)さんも、いまの詩織みたいな顔したよ。でさ、あたしに言ったんだ。人間のこころってのはふしぎなんだよ。たいせつだから苦しくなることもある。たいせつなものがあるのに寂(さび)しくなることもある。たいせつなものがあるのに、別のなにかに惹(ひ)かれることもある。説明がつかないんだよって。詩織、わかる？」

詩織は考えた。

「すこしだけ、わかるような気がする」

「わかるの？」

「たいせつだから苦しくなる、たいせつなものがあるのに寂しくなる、というのは、ちょっとわかるかな」

「どうわかるの？」

「ひとを好きになるって、そういうことかなって」

「さっぱりわかんね」

「だって、たいせつじゃなかったら、苦しくなることも、寂しくなることもないでしょ」

それは、そう、かもな。

「すこしまえまで、わたし、そんな感じだったよ」

詩織があたしを見て、にこっとしたから、どきんちょとした。やべっ。みょうな具合に胸んなかが、あったかくなる。お湯がとぽとぽ流れ込んできたみたいに、あったけえ。そしたら、詩織のやつ、はい、つぎ、みたいに言った。

「千秋は、叔母さんのそのことばで気持ちを切り替えられたの？　その、人間のこころは説明がつかないんだよってことばで」

「はいそうですか、とは言えなかったよ。あたしさ、まえに住んでいたマンションに行ってみたんだよね。ひとりで。そうしたら、違う家族が住んでいた。当然だよね。あたしが帰る家はもうここじゃないんだと、はっきりわかった。そのころからかな、態度改めた。すぐには変えられなかったけど、でも変えていった」

「つらくなかった？」

「うーん、どうかな。よくわかんね。でも気がついたら、楽になっていた」

いつの間にか、楽になっていたんだ。

「なあ、詩織。詩織はいやかもしれねえけど、もう一回、璃子んち、行ってみね？　あたし、なんか、このままだと璃子、やばい気がするんだよね。詩織、感じね？　やべえって」

詩織はすこし考えた。

「行ってどうするの？」

「ネットフリックスで映画観る」

「なんで？」

「ぽしゃったから」

「そんなこと、璃子が望むとは思えない」

「もし望んだら？」

「ありえないと思うよ。それに、そんなことをして、また同じようなことが起こったら、璃子も、璃子のお母さんも、もっと傷つくと思う」

「ゆうくんは、もう、あんなことしないって」

「どうして千秋にわかるの？」

「勘。勘だけど、わかる。ゆうくん、自分からかじるの、やめたじゃん。ああ、気がすんだんだなって、あたし、わかった」

詩織は空じゃなく、足もとの地面を見た。

「千秋はすごいね。わたしは、そんな余裕なかった。髪の毛を引っ張られることさえ、我慢できなかった。あんな小さな子が、あんな強いちからで引っ張ることが怖かった」

「あたしも怖かったよ。がぶっとやられたときは、まじで怖かった」

「璃子、なんて言うかなあ」

「もし、いいって言ったら？」

詩織はまだ迷っているのか、地面を見ていた。でも、ようやく顔をあげた。

「うん。そしたら行く」

「よかった。ああっ、腹へったな」

「わたしも」

腹がへっているのに、空が藍色になるまで、ふたりで見上げていた。

ときどき詩織がくすっと笑う。

「なに？」

「千秋、電信柱に隠れたでしょ」

「それいま言う？」

「だって可笑しいんだもん。わたし、変質者につけられていると思って、勇気ふりしぼって後ろ見たんだよ」

あたしは舌打ちするしかなかった。

4章　詩織――ゆうくん、ことばをわかってるね

　電信柱に隠れたのが変質者ではなく千秋だとわかったとき、ほっとしたのと同時に、足元からうれしさが這い上がってきた。まさか千秋が電信柱に隠れるだなんて。信じられない。千秋がそんなことをするだなんて。でも、だからだろうか、わたしはうれしくてたまらない。

　千秋が家族の話をしてくれたのも、うれしかった。陽子ちゃんという、千秋のふたり目のお母さんは素敵なひとなんだろうと思った。お父さんは微妙。亡くなった千秋のお母さんを忘れられないというのだから、ひとをふかく愛するひとなのだろう。でも、いくら思い出が重いからといって、そのひとのものを隠してしまうなんて、ひどくないか。千秋の気持ちをまったく考えていない。そんなの、おとなのすることじゃ

ない。住んでいる町を変えることだって、ひどい。友だちと離れるだけじゃない。町のなかには、千秋とお母さんの思い出だって、あったはずなのに。わたしなら、けっして父親を許さないだろう。なのに千秋ときたら、許してしまっている。あんなに苦しい思いをしたのに。それが千秋なんだなあと思うし、かなわないなとも思う。

「お母さんのもの返してって、言っていいと思うよ。千秋には権利がある」

と言ったら、

「権利かあ」

だなんて、のんびりと。

ぴんとこないんだな、と思った。権利なんてことば、親しいひととのあいだで使うことばじゃないものね。

気がつけば、自分の母親と千秋のお父さんを比べていた。「隠す」という意味では、ふたりのしていることは同じだ。どっちがひどいんだろう。母かもしれない。

もう一回、璃子んち、行ってみね？

このままだと璃子、やばい気がするんだよね。

千秋はそう言ったけれど、そんなことをしていいんだろうか。でしゃばってないだろうか。

ぐずぐずと考えた。

「ねえ、もしも、もしもだよ。友だちがしんどい思いをしていて、でも、その子のお母さんはたぶん、家に遊びに来てほしくないって思ってるとき、どうしたらいいんだろう」

母にきいた。

「虐待(ぎゃくたい)があるということ？　それならすぐに対処しなきゃいけない」

「そうじゃない。そういうのじゃないの」

母はわたしのことばを待っていた。

迷った。話そうか、話すまいか。ひどく迷って、話すことにした。ゆうくんの様子と、ゆうくんが千秋の頬(ほお)をかじったこと。きついんじゃねと千秋が言ったら、璃子が泣き出したこと。璃子のお母さんがとても疲れているように見えたこと。でも、あのことは言えなかった。こうなったのは、わたしのせいだと言われたことは、言えなかった。

母はすこし考えたあと、つぶやくように言った。

「難しい問題ね。でもね、詩織。璃子ちゃんのそばにいるだけでも、璃子ちゃんには助けになることがあるかもしれないわよ」

それはどうだろう。璃子はわたしにそれを望んでいないような気がする。

翌日、教室に入るまえに胸のなかで祈った。三人の関係が、どうか元どおりになりますように。

「おはよう」

ふたりに声をかける。

「詩織、きょうギリじゃん。寝坊したな」

千秋が笑い、その千秋を、ぎょっとしたように璃子が見た。

「おはよう」

璃子の戸惑ったような小さな声が返ってくる。

千秋は気づいていないだろうけれど、璃子はこのところずっと、わたしを無視していたんだよ。小さなことでね。そして千秋だって、おかしかったんだよ。こんなふうに笑いを投げてよこすことはなかったし、やっぱりわたしを避けていた。そのことで、わたしはずいぶん傷ついたんだからね、馬鹿め。


千秋があの話を切り出したのは、給食が終わったあとだった。

「璃子んち、また遊びに行っていい？」

教室にクラスメートはそれほどいなかったし、みんな好き勝手なことをしていて、わたしたちの会話に注意を向けるひとはだれもいなかった。それでも璃子は癇癪を起こすかもしれない。わたしは身構えた。

「どうして？」

璃子の声はぼんやりとしていた。

「ネットフリックスで映画観るって、約束したじゃん」

「それ本気で言ってるの？」

千秋はにっと、うなずいた。

「同情？」

璃子の声がかたくなる。

「ゆうがふつうじゃないって、わかったでしょ？　それで同情してるの？」

「そういうんじゃなくて、リベンジ。あたし、失敗したじゃん。失敗して、ゆうくんにがぶされたわけじゃん。リベンジしたいんだよ」

「リベンジって、いったい、なにをリベンジする気？」

璃子の声はかたいままだ。

「だから、璃子んちでネットフリックスを観る。それだけだって」

璃子はむっつりとし、わたしはなにも言えないままだった。


夜、ラインの着信音が鳴った。

《ママが駄目だって》璃子
璃子、お母さんにきいたんだ。
なにかことばをかけたいと思うけれど、出てこない。
《突然行っちゃうってのは、どう?》千秋
短いフレーズを三度読んだ。強引にもほどがある。打った。
《それは駄目》
駄目に決まっている。
すこしのあいだ、ラインが沈黙した。
《詩織は、わたしたちに命令しちゃうんだ》璃子
鼻歌をうたうウサギのスタンプも。
こういうときの璃子には、うんざりする。すぐに返した。
《もとい。突然行くというのは、よろしくないのではありますまいか》
ことばだけを変えた。
《いいんじゃない? そうなったら、しょうがないもん。ママだって、あがっちゃ駄

目、とは言えない》璃子

璃子の反応は、わたしへの反発だろうか。それとも、ほんとうにわたしたちに来てほしいんだろうか。でも、どう考えても。

《おばさんが来てほしくないと思っているのに、行けないよ》

《ならさ、どうしてもあたしたちが行きたいって言ってるってのはどう？　あのふたりがどうしても来たがってるって、璃子が璃子の母さんに伝えるのは？　それならいいんじゃね？　それ、事実だし》千秋

《さすが千秋！　それでいけるかも。ママ、押しに弱いし》璃子

片目をつぶるウサギのスタンプが出た。

にひっと鼻をほじくるクマのスタンプも。

《詩織も、それならいいっしょ？》千秋

迷いに迷って、頭の上で○をつくったブタのスタンプを送った。

どうしても千秋は行きたいのだ。つきあうしかない。

その週の土曜日、わたしと千秋はふたたび璃子の家を訪ねた。

リビングに入ると、璃子のお母さんに迎(むか)えられた。

「どう？　もう痛くない？」

璃子のお母さんが真っ先にしたことは千秋の頬(ほお)を確認(かくにん)することだった。

「はい、もうすっかり」

千秋は指で頬をつついた。

「よかった。ご両親はなんて？　心配されたでしょう？」

「ぜんぜん」

「そんなこと言って」

「うち、下に三人いて、小さな傷はしょっちゅうだから、気にしている余裕(よゆう)なんかないっつうか、唾(つば)つけときゃ治るって感じで」

千秋はでへへという顔をし、お母さんもつられたように笑(え)みを浮(う)かべた。

ゆうくんは、このまえと同じように積み木でなにかをつくっている。

「おっきなの、つくってるなあ」

千秋がゆうくんに近づく。

璃子も璃子のお母さんも、はっとしたのがわかった。

わたしは身をかがめるようにして、千秋より早くゆうくんに近づいた。

「なにつくってるの?」

髪は三つ編みにして後ろに垂らしてある。たとえ引っ張られても、だいじょうぶ。

ううう っ、あっああ。ゆうくんは、ことばにならないことばを発し、積み木をひとつとって、わたしにくれた。

これ、どうしたらいいんだろう。

「先にこっちで、お茶をどうぞ」

璃子のお母さんが助け舟を出すように言ってくれたから、わたしは積み木をそこに置いて、ゆうくんに伝えた。

「あとでね」

素敵なティーポットからポットとお揃いのティーカップに紅茶が注がれる。ケーキ皿には小さめのおしゃれなケーキがのっていた。

「近くのケーキ屋さんので、ごめんなさいね。まえは自分でつくっていたんだけど、最近やっていないから。でもここの、おいしいのよ。ねえ、璃子」

「うん。おいしいよ」

「いただきます」

フォークですくうようにして食べた。生クリームが口のなかでほどけてゆく。なんて上品な甘さなんだろう。かわいらしくのせられている桃やラズベリーも、ひとつひとつがおいしい。

「千秋ちゃんは、小学生のとき、璃子と同じクラスだったわよね。確か、お父さまは銀行にお勤めだったかしら」

「はい。毎日、ひとの金ばっか数えてます」

璃子のお母さんはふふっと笑い、千秋はわたしに、びっくりしただろという顔をした。うん。びっくりした。お父さんは銀行員だったか。銀行員がみんなお堅いわけじゃないだろうけど、千秋から連想するのは難しかった。

「あなたは？」

お母さんにきかれた。

「今年初めて、璃子さんと同じクラスになりました」

「そう。それで、お父さまは、なにをされているの？」

「ママ」

璃子がたしなめるような声を出した。

一瞬、どう答えたらいいか迷ったけれど、こうしか答えられない。

「父はいません」

「あ、ご、ごめんなさい。知らなくて。知っていたら、たずねなかったのよ。ほんとうよ。ごめんなさい、ごめんなさい、ごめんなさい」

璃子のお母さんの狼狽ぶりはふつうじゃなかった。病気か事故で死んだと思ったのだろうか。そうじゃないと伝えたかった。

「平気です。初めからいないので、ほんとうに平気なんです」

璃子と千秋が、わたしを見た。母とふたり暮らしであることは伝えていたが、父のことは話していなかった。べつに隠していたわけじゃない。話すことがなにもなかっただけだ。

璃子のお母さんも、ふしぎそうにわたしを見ていた。

「母はシングルマザーです。初めから」

伝わった。ことばって、ふしぎだ。いくら話しても伝わらないこともあれば、たったひとつのことばが多くのことを伝えてくれることもある。

璃子がまるでわたしをかばうように言った。

「ママ、詩織の成績、クラスでトップだよ。髪はね、ヘアドネーションをするために伸ばしているの」

ヘアドネーションとはなにかということまで、お母さんに説明する。

「そ、そう。立派なのね」

璃子のお母さんは笑みを浮かべていたが、様子がおかしかった。

「ママ、疲れたんじゃない？　すこし休んだら」

「そうね、そうしたほうがいいかもしれない。でも、ゆうはママがみなきゃね」

璃子のお母さんはゆうくんに近づき、抱き上げようとしたが、ゆうくんは身をよじってぐずった。うううっうう。わたしにもわかった。いやだと言っているんだ。

「ママ、ゆうはわたしがみるからいいよ」

「そうはいかないわ」

璃子のお母さんが、いやがるゆうくんを無理に抱き上げたときだ。ぎいあああああっ。子どもの甲高い声がリビングをいっぱいにした。耳をふさぎたくなるような声だ。その声に負けないように璃子が声を張った。

「ママ、ゆうはここにいたいんだよ。積み木がしたいんだよ。わかんないの？　だいじょうぶだって、わたしがちゃんとみるから」

璃子のお母さんは目をぎゅっとつぶって、ゆうくんを絨毯の上に置いた。

「じゃあ、お願い」

凄まじい泣き声をあげたゆうくんだったが、自分の願いがかなったのがわかったのか、あきれるほどあっさりと泣きやんだ。そしてわたしのところに、とことことことやってくると、積み木を、わたしの手のひらにのせた。

なにを要求されたのか、すぐにはわからなかった。

ううう。

思い出した。ケーキを食べるまえに約束したんだった。あとでね、と。あのひとことを憶えていたのか。

「どこにしようかな、どこがいいかな」

ゆうくんがつくっているのは塔のように見えたから、塔の上にレンガをひとつ積み重ねるみたいに置いた。

ぐふ、ぐふふう。

ゆうくんが、わたしを見上げ、うれしそうに笑った。

よかった。

二個目の積み木を渡されたらどうしようと思ったけれど、それはなく、ゆうくんはひとり遊びに戻っていった。

小さな子と遊んだことなどなかったから、こんなものなのかどうかはわからなかったけれど、ふしぎな感覚が残った。ゆうくんを小さな子どもとは感じなかったのだ。ひとりの人間とやりとりをした感覚があった。

璃子に小声で伝えた。

「ゆうくん、ことばをわかってるね」

「なんでそう思うの？」

「わたしが、あとでね、と言ったの、憶(おぼ)えていた」

璃子がじっとわたしを見る。

「ほんとうに、ゆうが、ことばをわかっていると思う？」

「うん、思う」

ゆうくんとのやりとりを詳(くわ)しく教えた。

璃子の顔に、なんとも言えない表情が浮(う)かんだ。まだサンタクロースの存在を信じていたころ、枕(まくら)もとにプレゼントがあることに気づいたときのような、驚(おどろ)きとうれしさがないまぜになった顔。璃子がこんなに無防備な顔をわたしに見せてくれたのは、初めてかもしれない。

「ふたりとも、なにひそひそやってんの。早くネットフリックス観よようよ」

千秋がせっついてくる。

「はいはい、わかった。これ抱いて」

璃子がソファーからクッションをとってわたしたちにくれたから、わたしたちはそれをお腹に抱いてテレビの前にぺたりとすわった。なにを観るかで大いに悩み、結局、映画館で観ようとしていたヒーローものの作品の前作を観ることにした。そうすれば、映画館で新作を観るとき、いっそう楽しめると。

ゆうくんがぐずると、映画をとめて璃子が相手をし、ゆうくんが璃子ではなく千秋やわたしを求めれば、わたしたちが相手をした。髪を三つ編みにしていたせいか、髪の毛を引っ張られることはなく、ぐずりそうになると、すぐに璃子が抱き取ってあやしてくれた。そしてゆうくんが積み木遊びに戻れば、わたしたちも映画の続きに戻る。そんなことを二度ほど繰り返すうち、ゆうくんは千秋のひざで眠り始め、璃子がタオルケットをかけてやった。

そうやって、わたしたちは最後まで映画を観た。

ゆうくんはまだ眠っている。

「寝(ね)ているときは天使なんだけどね」

璃子が寝顔をのぞき込(こ)む。

「うん、天使だな」

なつかれている千秋は、うれしそうだ。

「でも、泣いたら最悪だよ。ゆうの声、聞いたでしょ。あれが始まっちゃう」

璃子が顔を思い切りしかめる。

確かに、あの声に慣れることはできないだろう。

こんなにかわいいんだけどね。

その日、璃子のお母さんが出てくることはなかった。


璃子とわたしの関係が変わった。

親しくなったのだ。

「ねえ、詩織のお母さんって、どんなひと?」

給食を食べながら、そんなことをきいてくる。

「ふつうのおばさん」

「詩織に似てる？」

「似てない」

「似てないのかあ。詩織の家に遊びに行ったら、会える？」

「うちの母親に会いたいの？」

璃子がにこっとする。

「どうして？」

「なんとなく」

「なんとなくで、そこまで思わないっしょ。なんで？」

千秋が横から口をはさむ。

「なんとなくは、なんとなくだよ。千秋、会ったことあるの？」

「ない。けど、詩織んちに遊びに行ったことならある」

「ずるーい。わたしも行きたい」

「うちの母、土日はしごとが入っているから、家にいないよ」

「へえ、土日に働いていているんだ」

「平日も働いてる。平日は夕方から夜にかけて。塾の講師だから」

「塾の先生なんだ」

「一斉指導のほうじゃなくて、個別指導のほう。わかる？」

「わかる。わたしも受けてたから」

璃子はある有名な進学塾の名前を挙げた。

「母のところは、そんなに有名じゃないとこ。講師になったのは、五年くらいまえかな。それまではずっと通信添削をやってた」

いまだからわかることだけれど、母はわたしをひとりで育てていたから、できるしごとは限られていて、送られてくる子どもたちの解答用紙を、朝から晩まで添削していた。

「ねえ、詩織の家に遊びに行ってもいい？」

「だから、うちの母親、いないんだってば」

「いなくてもいい。行ってみたい」

「うち、ネットフリックスに入ってないし、ゲームもないし、すごく狭いよ」

「そんなのどうだっていい。詩織の部屋に入ってみたい」

びっくりした。

「千秋も行くよね？」

璃子が上目遣いで千秋を見る。

「いいよ。あのさ、詩織の部屋って洞穴っぽいよ」

洞穴って……千秋、言ってくれるわねえ。

「ねえ、それ、わたしの部屋だけじゃなくて、わたしんち、ぜんぶでしょ？」

千秋は、にっと笑った。そのとおりと。

5章　璃子――言える相手だから言えるんだよ

詩織の家に遊びに行くことが、こんなにも楽しみになるなんて思ってもみなかった。

ゆうに何度も話した。

「お姉ちゃん、友だちの家に遊びに行くよ。あんたが髪(かみ)の毛(け)抜(ぬ)いちゃった、あのひとのところに。だから、こんどの土曜日は、パパと遊ぶんだよ。パパと遊ぶなんて、すっごいひさびさだよね。うんとあまえな。もしかしたら、レゴ、出してもらえるかもしれない。出してくれなかったら、暴れちゃえばいい。パパになら、いくら暴れたっていいよ。こまらせてやりな」

パパには、この日だけは家にいて、ゆうの面倒(めんどう)をみてくれるように頼(たの)んだ。パパがちゃんとゆうの面倒をみられるとは思っていないけど、パパがいてくれれば、ママのことを心配せずにいられる。レゴブロックのことも頼んでおいた。パパがママに言ってくれれば、ママ、出してくれるかもしれないからお願いと。

土曜の午後、駅の改札で千秋と待ち合わせて、詩織の家へと歩いた。駅の反対側は雰囲気が違う。古い商店街があり、赤ちょうちんがぶらさがった店もいくつか見えるけれど、どことなくさびれている。

「ここ」

千秋が教えてくれたマンションは、見るからに古びていた。エントランスの扉はオートロックではなく開きっぱなしになっていて、ロビーと言えるようなものはなく、壁に銀色の郵便受けがならんでいるだけ。

突き当たりにエレベーターがあった。

なかに入り、千秋が五階のボタンを押す。

階数表示を見て、六階建てだとわかる。でもエレベーターはひとつだから、住んでいるひとはそんなに多くはないのだろう。

詩織は毎日、このエレベーターに乗っているのか。

「なんか興奮してきた」

「璃子さあ、探検に行くみたいな顔してるよ」

「うん。そんな感じ」

エレベーターを降りると、同じドアがいくつもならんでいる。

「ここ」

千秋がドアの横にあるインターフォンを押すと、すぐにドアが開いた。

「いらっしゃい」

詩織が照れくさそうな顔をしていた。

四角い小さな玄関で靴を脱ぐ。千秋の声が耳によみがえった。あのさ、詩織の部屋って洞穴っぽいよ。うん。すでにその感じがある。目の前の廊下には片側にコートや鞄や帽子が隙間なくかけられていて、ここから必要なものをとるんだと思った。ウォークインクローゼットじゃなくて、廊下クローゼット。こんなの初めて見た。

廊下の先のドアを開けるとダイニングキッチンで、冷蔵庫、電子レンジ、炊飯器、シンク、まな板、調味料が目に入った。いきなり詩織の生活のど真ん中に入った感じ。

「で、そっちが母の部屋」

襖を開け放してあったから、和室のなかが丸見えだった。箪笥があって、卓袱台がある。

「友だちが来るって言っておいたから、だいぶ片づいているけど、いつもはもっとごちゃごちゃ。襖、閉めちゃうと狭苦しくなるから、母の部屋はいつも開けっ放しなの」

「わたし、卓袱台を見たの、初めて」

「だよな。あたしもここで初めて見た」

「引っ越してくるまえは、卓袱台でなんでもすませたよ。ご飯食べるのも、母がしごとをするのも、わたしが宿題するのも、なんでも卓袱台。脚がたためるから、夜はたたんで壁に立てかけて。そうすると部屋が広くなるでしょ。布団を敷いて寝るの」

「たたむの、大変そうに見えるけど」

いま卓袱台の上には、いろんなものがのっている。ノートやファイルや文房具やティッシュの箱。畳には本や冊子が重ねられていて、卓袱台を片づけようとしても進路を阻みそうだ。

詩織は顔をしかめた。

「うちの母親、ここに越してきてから、卓袱台をたたむのを放棄したの。布団ひとつなら、なんとか敷けるでしょ。だから、なし崩し的にこの状態。忙しくなると、布団、敷きっぱなしにしてあることもあるよ。見苦しいったらない。ひとの形にふくらんでるんだから、布団が。ゾンビが抜け出したみたいに。信じられないよ。こうやって人間は堕落していくんだって、母を見てるとよくわかる」

こんなにもすぱすぱと悪口を言う詩織を初めて見たかも。わたしは楽しくなって、ゾンビみたいな詩織のお母さんを想像しようとしたけれど、うまくできなかった。

「ねえ、お母さんの写真ある？」

「璃子、そんなにうちの母親に興味があるの？」

大きくうなずいた。

「そこに一枚あるけど」

詩織が冷蔵庫のドアを指差した。

ドアにはいろんなものがマグネットで貼ってあったが、ちょうど目の高さに一枚、写真があった。写真のなかで、チェックのシャツを着たひとが笑いながら詩織の肩を抱いていた。

「これが詩織の母さんか」

千秋も顔を寄せてきた。

「明るい感じのひとだね」

「うん。だな」

顔立ちは詩織とあまり似ていなかった。

「その写真、段ボール箱が写ってるでしょ。ここに越してきた日に撮ったの。うちの母、ワイン飲んでるから、酔っぱらってるんだよね」

言われてみれば、ほろ酔いで上機嫌のようにも見える。

「なに飲む？　あるのは珈琲と紅茶、それに冷たい緑茶」

「冷たい緑茶がいいかな」

「あたしも」

「じゃあ、わたしもそうしよう。ちょっとごめんね」

詩織は冷蔵庫のドアを開け、ガラスのポットを出した。

「あ、うちもそれやる」

千秋が笑ったけど、わたしにはなんのことかわからない。

「それってなに？」

「これ」

詩織がポットのなかのティーバッグのようなものを指した。

「璃子んち、やんない？　これに茶葉入れて、水に入れておくの。ペットボトルのお茶よりおいしいよ。安いし」

ママは知っているだろうか。知っていてもやらないような気がする。元気だったころのママは、緑茶も紅茶も手間をかけて、丁寧に淹れた。パパは外で飲むどんなお茶

よりおいしいとほめた。庭のカモミールやミントを摘んで、ハーブティーをつくって
くれることもあった。あれは、わたしもうれしかった。特別な気分になれたから。

詩織がテーブルの上にグラスをならべ、緑茶を注ぐ。

「どっちがいい?」

色違いのグラスがふたつあった。高さはないけれど底は広めでずんどう。ガラスは
厚めで、どっしりとしている。

「こっち」

わたしは、青い色がうっすら入っているガラスのコップを選んだ。

「それ、わたしのだよ」

詩織がにこっとする。

「じゃあ、こっちは母さんの?」

千秋はピンク色がうっすら入ったグラスを持ち上げ、窓から差し込む光にかざすよ
うにした。緑茶との取り合わせがふしぎな感じだった。

「そう。それでうちの母、毎晩ワイン飲んでる」

「詩織のお母さん、毎晩、ワインを飲むの？」

わたしはびっくりした。

「それが楽しみで生きてるらしいよ。安物のワインだけど」

ママが知ったら、なんと言うだろう。パパは以前、家で晩酌をした。土日はかならずした。それが楽しみで生きているかどうかはわからないけれど、確かにしあわせそうな顔をしていた。でも、ママがお酒を飲む姿は憶えていない。

「まずは乾杯しようぜ」

千秋がにっと笑う。

「なにに乾杯する？」

詩織が、マグに緑茶を注ぎながらきく。

「そりゃあ、あたしらの輝かしい未来にっしょ」

「大雑把。わたしは、そうだな、かわいい制服の高校に受かりますように」

「わたしは、んー、もうすこしお金持ちになれますように」

「乾杯って、願いごとを言うんだっけ？」

「まあ、まあ、いいから」

グラスとマグをこつんとぶつける。ぶつけたあとで、千秋がきいた。

「詩織って、金持ちになりてえの？」

わたしも意外だった。

「だって、うち、必要最低限のものしかないんだもの。グラスもお皿もふたつだけ」

ふたつ。あ、だから詩織はマグに注いだのか。えっ。

「お皿、もしかして、ひとり一枚ってこと？」

「そう」

「うそっ。そんなんでやっていけるの？」

思わず、言っちゃった。

「うん、なんとかなる。ただし大きなお皿ね。そこ、ポイント」

「でも割れちゃうことだってあるでしょ」

「割らないように気をつける」

「でも、割れたら？」

「そのときは買うよ。でも、すぐに気に入ったお皿を見つけられるとは限らない」

「どうするの？」

「なんとかするよ。母といっしょのお皿で食べてもいいし、どんぶりだってあるし」

「詩織って、あんがい、太いよなあ」

詩織が千秋をにらむ。

「それ、どういう意味？」

「ほめたんだって。ほんとだって」

詩織、太い、か。そうかも。

詩織が真顔になった。

「最近ね、太さがなくなってきたかも。子どものころは、なんの不満もなかったの。好きなお皿が一枚あれば、それでよかった。毎日、好きなお皿で食べられることがうれしかった。でもね、いまは違う。お皿が割れちゃって、新しいのを買いに行くでしょ。選んで、選んで、これだっていうのを一枚買うの。満足するはずでしょ？いちばん好きなお皿なんだから。ところがね、家に帰る途中ずっと、選ばなかったほうのお皿のことを考えてるの。あのお皿、よかったなあって」

「そんなにいい皿だったんだ」

「うん、いいお皿。でも問題はそこじゃない。問題は、いちばん好きなお皿を買ってもらったのに、それなのに、じとーっともう一枚のお皿のことを考えていること。そういう自分がいやになる。あさましくて」

「あたしだって、そういうことあるよ。ファミレスでチーズのせハンバーグを選んでおいて、やっぱ目玉焼きのせにしとくんだったって、未練がましく思ったりするもん」

そう返す千秋に、詩織はくすっとした。

「でも千秋はそのこと、すぐに忘れちゃうでしょ」

「まあ、食べ始めれば」

「わたしのじとーっは、もっとしつこいの。璃子さっき、制服のかわいい高校に行きたいって言ったじゃない。それって私立ってことでしょ」

うなずいた。

「いいなあって思った。わたしにはあり得ないもの。わたしには公立しかない。しかないって思っちゃう。単純にうらやましいというのとは、すこし違うの。わたしにも目指す高校はある。もちろん公立校。ほんとうにそこに入りたいと思っている。それなのに、私立って聞くと、ああいいなあって」

「私立ってそんなにいいか」

千秋がさっぱりわからないという顔をした。

「うちの母、塾の講師でしょ。だから私立の中高のパンフレットをそろえているの。いい私立はね、校舎がぜんぜん違う。そこと公立を比べると、月とすっぽん。ほんとに違うの。あんな校舎で学んでみたいなあ、過ごしてみたいなあって、やっぱり思う。じとーっと」

詩織の言うことは、わたしにはよくわかった。わたしにとってもっとも重要なのは制服だけど、そのつぎは校舎だった。蔦がからまる趣のある建物、明るいガラス張りのテラス、そんなものがわたしの目をひいた。お洒落とか、豪華というのとは、すこし違う。いいものはいいのだ。はっきり言おう。公立校の校舎と私立校のそれは格が違う。

「わたしね、育ちがわるいって、こういうところに出るのかなあって、自分がいやになる。母には絶対に言えないけど」

まさか詩織の口から、そんなことばが出るとは思わなかった。

「詩織さ、皿の話、したじゃん。買わなかったほうの皿の話。買ったほうの皿はどう？　いやになった？」

千秋はすこし怒っているように見えた。

「ううん。好きだよ。好きで買ったお皿だもの。好きだよ」

「ならいいんだって」

千秋は言いながら髪を両手でぐしゃりとやった。

「あたし、頭がわるいからさ、うまく言えないけど、もし詩織が、買ったほうの皿がいやになるなら、やべえなって思う。でも、そうじゃないならいいんだって。それ、ふつうだって」

「そう、かな」

詩織が言いにくそうな顔で、わたしを見た。

「なに？」

言いたいことがあったら言ってよ。

「璃子はものに執着することないでしょ」

「制服に執着してるけど」

「そんなに？」

そんなに、ではなかった。ハンガーに吊るされた洋服からどれを選ぼうかなという程度。だけど。

「どうして、わたしがものに執着しないと思うの？」

「お金持ちだから」

詩織は自分を恥じるように答えた。

確かにうちにはお金がある。わたしは、お皿のことでじとーっとなったことはない。食べもののことでも、洋服のことでも、習いごとのことでも、ない。たかだか皿一枚のことで、そんなふうになる詩織が理解できない。でも、だからといって、じとーっとなることがないわけじゃない。

「わたし、ひとに執着することならあるよ」

「ほう。だれかを自分のものにしたいとか？」

千秋がからかうように言う。だから、じっと見つめて言ってやった。

「そう」

「おっかねえなあ。璃子がそんなふうにしたら、そいつ逃げ出すって」

ぜんぜん気づいていない。

「ねえ、詩織、詩織は嫉妬の感情って、知ってる？」

ものに執着するより、ひとに執着するほうがずっとつらいんだから。ものならいつか手に入れられるでしょ。でも、ひとじゃ、そうはいかない。そのつらさがわかる？

詩織の目が一瞬おののいたように見えた。でも、わたしの目を見つめ返した。

「うん、知ってる」

わたしの気持ちは静かに高ぶった。

「嫉妬って、醜いと思う？」

詩織はすこし考えた。

「醜くはないと思う」

「なんで？」

「自然な感情だもの」

「うん。あれって、自分じゃ、どうしようもないもんな」

千秋までが言う。

嫉妬は醜くはなく、自然で、自分じゃどうしようもないもの、か。

「わたしの部屋、行く？」

不意をつかれた。

そうだ。そのために来たのだった。

わたしたちはグラスとマグを持って廊下に戻り、洗面所と反対側にあるドアを詩織が開けた。

「どうぞ」

詩織の部屋の窓はマンションの通路側に面していて、レースのカーテン越しに弱い光が入っていた。

「ベッドの上に乗っちゃって。そこしかすわるとこないから」

部屋は四畳半もないかも。ベッドと机があり、それだけでいっぱいだった。

「お茶、机の上に置いてもいい？」

「もちろん」

詩織がスペースをつくってくれる。教科書が積み上げられ、プリント類も重ねられた。

「お母さんの卓袱台の上と似てるね」

わたしが言うと、詩織は顔をしかめて、

「引き出しがないからしょうがないのよ」

と、机の下から籐で編んだ籠を引っ張り出した。

「これがわたしの唯一のもの入れ。子どものころは、絵本もおもちゃもぜんぶこのなか。このなかから出して、このなかに戻したの」

いまその籠に入っているのは、アルトリコーダーや絵の具のセットや体操着だった。

「別売りで、この机とおそろいのキャスターつきの引き出しがあったんだけど、予算オーバーだったんだよね。越してきたとき、いろんなもの買わなくちゃいけなかったから」

「この机、いいじゃん。おとなっぽくて。あたしなんか学習机だよ」

千秋がうらやましそうに言う。

「わたしも学習机」

学習机っぽくはなかったけれど、やっぱり学習机だった。

「そっかあ、小学生のときに買ってもらったらそうなるか」

詩織は籠の底をごそごそやり、トランプを取り出した。

「する？」

「お、いいねえ」

「なにやろうか」

「ダウトは？」

「よっしゃあ」

千秋はベッドの上で胡坐をかいた。

わたしも足を上げてそうする。

詩織はキャスターつきの椅子を足で漕ぎながら近づいてきて、わたしたちは三角になった。詩織の背後の壁には、制服や普段着がかけてある。つくりつけの小さなクローゼットには入りきらないのだろう。千秋の声が、また耳によみがえった。あのさ、詩織の部屋って洞穴っぽいよ。ねえ、千秋、洞穴というより巣穴だよ。狭くて、暗くて、あたたかい巣穴。

トランプを配る詩織にたずねた。

「毎日、どんなふうに暮らしてるの?」

「変な質問」

千秋の横やりは無視する。

「教えて」

「どんなふうって、ふつうだよ。食べて、お風呂入って、眠って、母親と口喧嘩して」

「詩織が口喧嘩？」

「するよ、そのくらい」

「どんなことで喧嘩するの？」

「いちいち憶えてないよ。小さなことだもの。ふたりはしないの？」

「むかしは派手にやったけど、いまはしないなあ」

千秋が答えた。

「わたしもしない」

ママがこころをやられてからは、まったくしていない。

「そうなんだ。どうしてわたし、やっちゃうんだろう。ふたりしかいないからかな。ほら、文句を言う相手、母親しかいないから」

詩織はそう言ったけれど、それだけじゃない。お母さんが、なんでも言える相手だからだよ。絶対に言えないこともあると言ったけれど、それはほんのすこし。ほとんどのことは言える。だから口喧嘩ができる。

「詩織のお父さんって、どんなひと?」

千秋がわたしを見た。そんなことをきくなって目をしている。でも、わたしは知りたいし、千秋だって知りたいはずだよ。

「わたしも知らないの。父親がどんなひとか、まったく」

「まったく?」

「うん。まったく。母にきいたことはあるよ。そしたら、あなたが成人したときに話すから、それまで待ってほしいって言われたんだよね」

「待つの?」

「うん」

信じられない。

「どうして待たなきゃいけないの?」

詩織はこまったなという顔をした。

「わたしもね、わたしには知る権利があると思っている。父親がだれか、どんな人間かを知る権利がね。もしかしたら、わたしにきょうだいがいるかもしれないでしょ。

だとしたら、どんなきょうだいかなあ、会えるなら会ってみたいなあとか、ロマンチックに想像したこともある。でもね、よく考えると、現実はそんなにロマンチックじゃない。だってうちの母親、すごく苦労してわたしを育ててくれたんだもの。いまもそうしてくれている。だから父親はぜんぜんいいひとじゃない。いいひとだったら、母ひとりに苦労をかけさせるようなことはしないでしょ。自分の娘のことで。そう思うと、父親のことを知りたいという気持ちが、うーん、まったくないわけじゃないけど、とくに知りたいとも思わないの」

なんと言っていいかわからなかった。

「母を、これいじょうこまらせたくない、とも思っちゃうし」

トランプはとうに配り終わっていたけれど、三人とも黙り込んだままだった。

ようやく千秋が口を開いた。

「詩織が父さんに会いたいと思ったときは、教えて。あたしがついていく。きょうだいがいて、きょうだいに会いたいと思ったときも、教えて。あたしがついていく」

詩織が詰めていた息をそっと吐いた。

「ありがとう。そのときはお願いする」

「約束な」

「うん。約束」

わたしもいっしょに行く、と言いたかったけれど言えなかった。わたしが言ったら、とってつけたみたいになりそうで。だから、こう言った。

「わたし、詩織んち、すごく好き」

「こんなに狭くて古ぼっちいのに？　うち、なにもないよ」

「あるよ。いいものがいっぱいある。それにここ、すごく落ち着く」

「そう？　ありがとう」

詩織はにこっとした。

「さあ、ダウトやろうぜ。最初はぐー、じゃんけんぽん」

千秋の掛け声で、わたしたちはトランプを始めた。

帰り道、千秋にきいた。

「詩織のお父さんのこと、どう思う？」

「どうって」

「どんなひとだと思う？」

「わかんねえよ」

「大富豪(だいふごう)だったりして」

「可能性としてはあるな」

「ヤクザの親分だったりして。あるいは子分。親分の罪をかぶって海外に逃亡中(とうぼうちゅう)とか」

「璃子って、ものすごい想像するんだな。父親がどうでも、詩織は詩織だよ」

「そう？　すこしは変わるんじゃない」

「うん。そうだな。すこしは変わるかな。でもやっぱ、詩織は詩織だよ」

詩織は詩織。ほんとうはわたしも、そう思っていた。

家に帰って、自分の目を疑った。

ママがパパといっしょにビールを飲んでいたのだ。

テーブルの上には小鉢(こばち)もある。冷蔵庫にあるものをチンしただけかもしれないけれど、パパの顔はすっかり赤くて、ママの顔もほんのり赤くて。

「どうしたの、ふたりとも」

「どうもしないさ。家で晩酌(ばんしゃく)もいいものだな」

「ママ、お酒飲めたの？」

「すこしくらいなら」

「璃子、あれ見てみろよ」

パパはあごで、ゆうがいつも積み木をしているあたりを指した。

「あ、レゴ」

「よく見てみろ。なかなかだぞ」

見てみた。それはふしぎな構造物で、気の向くままにレゴをつなげたように見えるけれど、色にも形にも独特のリズムが感じられる。

「これぜんぶ、ゆうがやったの？」

「ああ、そうだ」

「ゆうは？」

「寝（ね）ている。夢中でやったから疲（つか）れたんだろう」

「ねえママ、ほんとうなの？　ほんとうにゆうがつくったの？」

「ええ、そうよ」

　ママはふんわりと笑った。

　ゆうがつくった構造物をスマホで撮（と）り、ラインに送った。
《これ、ゆうくんがつくったの？》詩織
《ＹＥＳ》
《まじっすか》千秋
《ゆうくん、なにか持ってるね》詩織
　やっぱり？　だよね、だよね。自分が思ったことを、友だちがことばにしてくれるのは、なんてうれしいことなんだろう。ゆうには才能がある。たとえこの才能が、いまだけのものでも構わない。お姉ちゃんはうれしい。あんたが、自分ひとりのちからで、こんな素敵なものをつくったことがうれしい。

目をつぶり、しあわせな気分に浸った。冷蔵庫に貼ってあった詩織のお母さんの笑顔は素敵だったが、ママのふんわりとした笑顔は、それに負けていない。わたしはやっぱり、ママが好き。

すべてのことが好転していくように思われた。


翌日の日曜日、パパがゴルフに行ってしまうと、ママはおかしくなった。

「ゆうにレゴをやらせてもだいじょうぶかしら」

ううう、あっああ。

ゆうがさかんにレゴを要求している。

「だいじょうぶに決まってるじゃない」

「でもママ、心配なのよ」

「なにが」

「飲み込んじゃわないかしら」

「きのう、ママ、見てたんでしょ。だいじょうぶだって、わかったんじゃないの」

「でも心配なのよ」

心配なのはママのほうだ。

ううううううううっ。

「お願い。やらせてあげて。ゆうには才能がある。こういうのをつくる才能が。きのうのやつパシャしてラインに送ったら、千秋も詩織もすごいって驚いてたもん」

サイドボードの上にあったレゴの箱を、ゆうのそばに置いてやる。

「いいよ、やんな。お姉ちゃんが見てるから」

レゴにゆうの手が伸びる。

「そ、そういえば、あなた、きのう、詩織ちゃんの家に行ったのよね」

「うん」

「どうだった？」

「どうって？」

「どんなおうちだったの？」

「線路沿いの古い小さなマンション」

「詩織ちゃんのお母さん、どんなひとだった？」

「いなかった」

「あなたたちが訪ねていくのを知っていたのに、いなかったの？」

「塾の講師だから土日は家にいないんだって」

「塾の講師？　そ、そう」

ママの目がうろうろとなる。うろうろをとめたくて、ママが喜びそうなことを言う。

「塾の先生になるまえは、通信添削をしていたんだって。朝から晩までテストの添削」

「朝から晩まで？」

「すごく切り詰めて生活していたみたい」

「そうなの」

ママの目がすこし落ち着いてくる。

「詩織んち、お皿、二枚しかないんだよ」

「まさか。冗談でしょ」

「ほんとう。ガラスのコップだってふたつだけ」

「えっ」

「お皿が割れたらどうするのってきいたら、どんぶりがあるから、だいじょうぶって」

ママがすこし笑った。

詩織、言っておくけど、ママは詩織んちを見下しているわけじゃないからね。ただちょっと、不安感が強いだけ。

「詩織のお母さんね、布団、敷きっぱなしのこともあるらしいよ。布団がひとの形にふくらんでるんだって。ゾンビが抜け出したみたいに。見苦しいったらないって、詩織が怒ってた」

ママがまた笑った。

ママが笑ってくれると、わたしはうれしい。

ねえ、ママ。ママの夢は、素敵なお嫁さんになって、素敵な奥さんになって、素敵なお母さんになることだよね。わたしはいいと思う。ママらしくていいと思う。でもさ、素敵って、いろいろあるよ。詩織んちは、動物の巣穴っぽかったけど、居心地はよかった。ほんとだよ。ねえ、ママ、もっと楽になって。詩織んちは巣穴みたいだったよ。狭くて、暗くて、あたたかい巣穴。

6章　千秋——叫ばせてやればいいじゃん

毎日のように璃子から「ゆうくんの作品」がラインに届く。

あの子が、こんなにも集中してものをつくり続けることに驚いた。うちのチビたちも、夢中になって絵を描いたり、ものをつくったりすることがあるけれど、やり続けることはできない。ゆうくんはできた。

給食を食べながら璃子が愚痴った。

「うちのママ、ゆうがレゴを飲み込むんじゃないかって、まだ心配するんだよ。やんなっちゃう」

「レゴ、飲み込もうとするの?」

詩織がきく。

「ずいぶんまえに、ちょっとね。でも、そのときだって、口のなかに入れようとしたというだけで、飲み込もうとしたわけじゃないよ。飲み込めるはずないもん」

「一度あると、心配しちゃうのかな」

「どうかなあ。パパがいると、そういう心配しないんだよね」

「って、それ、璃子の両親、らぶらぶって話?」

軽くあたしが突っ込む。

「そんなんじゃない」

璃子はカタンと箸を置いた。

「うちのママ、ちょっとおかしいの」

詩織もあたしも箸をとめ、璃子を見た。

「ママ、メンタルやられちゃったの。ゆうのせいで」

詩織が声を小さくしてきいた。

「お母さん、病院とか、行ってるの?」

「うん。行ってる。通ってる。薬もらって落ち着いてはいるけど、まえみたいにいろんなことができなくなっちゃった。それはいいんだけど、話がうまく通じないっていうか、噛み合わないっていうか、なんでいま、そんなことをきくのかな、言うのかな、なんでそんなふうに思うのかな、みたいなのが多くて、いらいらしちゃう。ときどきわたし、爆発しそうになるんだよね」

「しちゃえば？」

あたしが言った。

「そんなことしたら、うち、カオスだよ。ゆうはぎゃん泣きするだろうし、ママはどうなるかわからないし、パパは逃げ出すだろうし。ほんと言うとね、たまにだけど、わたし、ゆうの首、絞めたくなる」

「どうして？」

詩織の声はさらに小さくなる。

「ゆうの声、聞いたでしょ。あれをやられると、たまらなくなるの。でも、首を絞めたくなるだなんて、親には絶対言えない」

あれをやられると、たまらなくなるの。

あたしがやっていたことは、そういうことだ。あたしが荒(あ)れていたころ、父さんも、陽子ちゃんも、いまの璃子みたいだったのかな。足もとの砂が波にさらわれてゆくときに感じるあのどうしようもなくさみしい感じ、取り返しのつかない感じが、胸にやってきた。

「だれか信頼(しんらい)できるひとに相談してみる？　スクールカウンセラーとか」

詩織が璃子にささやく。

「やめてよ、そういうこと言うの。わたしはふたりに相談してるの」

詩織はごめんというように口をつぐんだ。

「ゆうくんのぎゃん泣き、そんなにすごいんだ」

あたしの声は自分の声じゃないみたいだった。

「始まると、だれにもとめられない。ママがどんなにあやしても駄目(だめ)。わたしがやっても、パパがやっても駄目。ゆうの希望をかなえてやるか、泣きやむのを待つしかない。まるで王子さまだよ。わたしたちは下僕。パパは下僕になるのがいやだから逃げ出しちゃうけどね」

あたしの頭んなかに、あのころのことがよみがえった。

「わたしたちにしてほしいこと、ある？」

詩織がきいた。

璃子はしばらく考えた。

「ブランコに乗りたいなあ。だれがいちばん高くまで漕げるか、競争するの」

詩織にはわからなかっただろうけど、あたしにはわかった。

「いいよ。ちょうどいい公園がある。行こう」

その日、あたしと詩織は部活を休んで、璃子といっしょに、あの小さな公園に向かった。例の電柱のところでちらりと詩織を見ると、にこっと笑いやがった。くううっ。

先客がいたらどうしようかと思ったけれど、小さな公園というのは入りにくいものなのか、だれもいなかった。

ブランコはふたつしかなかったから、あたしと璃子がすわった。

さあ、チキンゲームのスタートだ。ところが。

「ブランコって、どうやって漕(こ)ぐんだっけ?」

璃子が情けない声を出す。

駄目(だめ)じゃん、と思ったあたしも漕げなかった。うそっ、どうやるんだっけ。タイミングだよな。足を空中に伸(の)ばすタイミングと、お尻(しり)に体重をかけるタイミング。やってみるが、ブランコはあたしを乗せたまま、動かず、まっすぐにぶらさがっている。

「しょうがないなあ」

詩織が背中を押(お)してくれた。

「詩織、こっちもー」

「はい、はい」

「詩織、こんどこっちー」

「はい、はい」

揺れると、からだが漕ぎかたを思い出したけれど、背中を押してもらうのが気持ちよかったから、あたしも璃子も空中を行ったり来たりするだけで、チキンゲームはしなかった。

「もう、おーしまい」

詩織がブランコの向かいにあるベンチにすわると、璃子は地面を足でずずずずっとすって、揺れをとめた。そして、ぽつり、ぽつりと話し始めた。赤ん坊のときから、ゆうくんにはぎゃん泣きがあったこと。一歳半の健診でことばの遅れが指摘され、母さんがことばを教えることにひっしになったこと。けれど、そうすればそうするほど、ゆうくんのぎゃん泣きはすごいことになったこと。いろんな病院にゆうくんを連れていっても、どこにもわるいところは見つからなかったこと。そしてそのころから、不安定だった母さんのメンタルが目に見えておかしくなったこと。話はあっちに飛び、こっちに飛んだけれど、あたしと詩織は黙って聞いた。

「話したら、だいぶすっきりした」

璃子が足もとを見ながら言う。

「話なら、いつでも聞くよ」

あたしには、そんなことしか言えなかった。

「ありがとう。ときどきこうやって吐き出せば、やっていけそうな気がしてきた」

璃子はそう言ったけれど、ブランコから動こうとはしなかった。

「じゃあ、ゆうくんは、いつも、おうちにいるの？」

詩織がきいた。

「うん。だって、いつぎゃん泣きするか、わかんないんだもん」

「おうちで、積み木や、レゴをやってるだけ？」

「しょうがないじゃない。ゆうがほかのおもちゃに興味示さないんだから」

「お医者さんは、どこにもわるいところがない、と言ってるんだよね」

「うん。様子を見ましょうって、それだけ。詩織、いったいなにが言いたいの？」

璃子の声がいらっとしている。

「外にも連れてってあげたら？」

「だから、そんなことしたら、ゆうはぎゃん泣きするんだって」

「泣いたっていいじゃない」

「簡単に言わないでよ。あの声でママのメンタル、やられちゃったんだよ。わたしだって、ゆうの首絞めたくなるんだよ。詩織、なんにもわかってない」

詩織はごめんとあやまるだろうと思った。けれど違った。

「ゆうくんが、積み木やレゴを大好きなのはわかるけど、つくる才能があるのもわかるけど、でも、たまには違うことをしてみたら？　外に連れてってあげたらどうかな？」

「外って、いったい、どこよ？　ぎゃん泣きするゆうを、どこに連れていけって言うのよ。教えてよ。いったいどこに連れていけばいいのよ」

なんでいままで、あたし、気がつかなかったんだろう。

「いい場所を知ってる」

「どこ？」

璃子があたしを見る。

「河原。璃子は知ってるっしょ、あたしが荒れていたころのこと。あのころあたし、河原で、すんごい声で叫んでたんだよね。ぎゃああああって。あそこなら、ゆうくん、どんなにぎゃん泣きしたって、だいじょうぶだよ」

「河原？」

「うん。璃子んちからそんなに遠くない。自転車なら十五分くらいで行けると思う」

「なんでふたりとも、そんなにゆうを外に連れ出したいの？」

「家のなかだけにいるの、やっぱふつうじゃないって」

「だって、ゆうがふつうじゃないんだから、しょうがないじゃない」

「あのころのあたしも、ふつうじゃなかったよ」

「千秋とゆうは違う」

「違うと思うよ。でもさ、ぎゃああああって叫びたいときは、叫べる場所があるってこと。なら連れてきゃ、いいじゃん。叫ばせてやればいいじゃん」

「でも、ママにはそんなことできない。ゆうを外に連れ出すなんて、いまのママにはできない」

「お父さんは？」

詩織がきく。

「どうかな。きいてみないとわからない」

「きいてみたら?」

こんなにも璃子に踏み込んでいく詩織は初めてで、うん、と答える璃子の声は消え入りそうだった。

「あのさ。その河原のそばに『かわうそ』って店があるんだよね。一軒だけぽつんと。海の家みたいに、川に向かって建ってるの。焼き鳥とか、モツ煮とか、焼きそばとかがあって、けっこううまい。そこさ、あたしのいまの母さんが弟といっしょにやってた店なんだよね。いまは弟が店主。なにかあったら、そこ行くといいよ。オジキ、けっこういいやつだから」

驚くふたりに、地面に地図を描いて、場所を詳しく教えた。


夜、ラインがきた。

《こんどの日曜、パパがゆうを外に連れていってくれることになった。ママといっ

しょに》璃子

《よかったね》詩織

《じゃあ、車？　だとしたら、土手の脇の道は駐車できないから、近くのスーパーにとめるのがいいと思う。スーパーでなにか買わなきゃいけないと思うけど》

あたしにしては頭の巡りがよろしい。自分で自分をほめてやる。

《千秋、ごめん。行くのは公園なの。近くにいい公園があるんだから、そこでいいだろって、パパが。せっかく教えてくれたのに、ごめんね》璃子

そういうことか。

《いいよ、そんなの。ぜんぜん気にしなくていい。公園、いいじゃん。璃子は行かないの？》

《留守番しようかなって思ってる。パパとママがいっしょに行くなら、それがいいかなって。なんとなく》璃子

《らぶらぶを邪魔しちゃいけないってか？》

うひうひと笑うクマのスタンプを送った。

《なんか、やらしい》璃子
《うん。千秋はやらしいぞ》詩織
ハエタタキをふりあげたブタのスタンプが出たから、木の陰に隠れて様子を見るクマのスタンプを送った。送った瞬間、電柱に隠れた自分がよみがえって髪の毛をかきむしった。ああ神さま、どうか、どうか、この記憶をあたしから抹消してください。

日曜の夜、璃子からラインがくるかもしれないと思い、待っていたけど、なかなかこない。ゆうくんの公園行きはどうなっただろう。どうにも気になって、こっちからラインをした。
《どうだった？　ゆうくん》
《行くには行ったんだけど、すぐに戻ってきちゃった。やっぱりゆうが泣いちゃって。ゆうが泣くと、ママが落ち込むの。まわりの目が気になるのかな。子どもをあやすことができないと、母親失格だと思っちゃうみたい。パパがあやしたって、ゆうは泣くんだよ。でもママ、あやすのは自分のしごとだと思ってるみたいで》璃子

《お母さん、いまどうしているの？》詩織
《寝（ね）てる。ゆうといっしょに》璃子
《父さんは？》
《ビール飲みながらテレビで野球見ている。つまらなそうに、情けなさそうに》璃子
《わたしは平気。ふたりに報告しなきゃいけないと思ってたとこ》璃子
《璃子はだいじょうぶ？》詩織
そう思いながら、璃子、なかなかできなかったんだな。
《ごめん。あたしが余計なこと言った。ごめん》
自分の浅はかさが、つくづくいやになる。
《あやまらないでよ。わたしだって、それがいいと思ったんだから》璃子
いつもなら、すぐにあやまりそうな詩織があやまらなかった。その代わり、スタンプを出した。ブタがバレリーナの衣装（いしょう）を着て、くるくるとまわっている。「ブタの湖」か？
またきた。こんどは短い脚（あし）をふりあげている。ラインダンスだ。

またきた。こんどはフレンチカンカン。大きなお尻をふりふりしている。璃子が腹を抱えて笑うウサギのスタンプを返し、それでラインは終わった。

スマホを置いて、目をつぶった。

あのころ陽子ちゃん、あたしが河原で叫んでいるのを、どんな気持ちで聞いていたんだろう。父さんは、どんな気持ちで、あたしを見ていたんだろう。あたしは、なんにも気にしていなかった。

叫ぶのに疲れて、土手にすわって川を眺めていると、陽子ちゃんが焼きそばを持ってきてくれたっけ。父さんじゃなく、陽子ちゃんが持ってきてくれた。

「焼きそばはね、風に吹かれて食べるとおいしいよ」

あたしの隣にすわって、いっしょに食べた。

うまかった。

あんなにうまい焼きそばはなかった。

休み時間にふたりに言った。

「『かわうそ』の焼きそば、食べに行かない？」

「千秋が教えてくれた河原の店？」

詩織の記憶力(きおくりょく)はいつもいい。

「うん」

「そこ、そんなにおいしいの？」

璃子はあきれたような声を出す。

「うまいよ。川眺(なが)めながら、風に吹(ふ)かれて食べると、ほんとうまい」

「なら、行こうかな。たまにはそんなこともしてみたい。ずっと、ゆうといっしょに家のなかにばかりいたから」

「ねえ、それならいっそのこと、ゆうくんもいっしょに、四人で行かない？」

詩織が言った。

「どうかな？」

あたしたちを見る。

考えもしなかった。

連れてってやりたいという気持ちが、むくりとわいてきた。

「うん。行こうよ。四人で」

「こんどの土曜なら、できるかもしれない」

璃子がささやくように言う。

「月に一回、ママ、カウンセリングに行くの。先生はパパにも来てくださいって言うから、ふたりで行くの。それが、こんどの土曜日」

「もしかして、内緒(ないしょ)で連れていこうと思ってる？」

詩織の声がかたくなった。

「きいたら駄目(だめ)だって言うに決まってるもん」

「内緒でいいじゃん」

あたしは強い口調で言い切った。ゆうくんに、あの河原をあじわわせてやりたかった。

詩織はすこしのあいだ考えていたが、うなずいた。

「わかった。じゃあ、問題は、どうやってゆうくんを連れていくかだね。千秋、自転車で十五分くらいって言ってたよね。それって、けっこうあるよ」

「自転車で行こう。それがいちばんいい」

「あ、でも、うちの自転車、チャイルドシートがない。ママ、そういうことしないから」

あたしはにっとした。

「あたしのにはある。うち、チビが三人いるから一台じゃ足りなくてさ、あたしのにもついてんの」

璃子も詩織もびっくりして、それから笑いやがった。チャイルドシートつきの自転車に乗っている中学生なんて信じられない、とかなんとか言って。

「で、時間は?」

あたしは璃子をぐいと見る。

「ママたちが出かけるのはお昼過ぎで、戻ってくるのは夕方。時間、確かめておく」

「うん。バレると面倒だもんな」

「待って。その日、わたしたちが遊びに行くことにしたら？　そうすれば、璃子のお父さんとお母さんが出かけたら、すぐに、ゆうくんを連れていける。時間の無駄（むだ）がない。あとは、ふたりが帰ってくるまでに戻（もど）ってくればいいわけでしょ。できるんじゃない？　でも、予定どおりに進まないことがあるかもしれないか。璃子のお父さんとお母さんが早く帰ってきちゃうとか。万一の場合に備えて、メモを残しておこう。ゆうくんもいっしょに遊びに行ってきますって。わたしたちのほうが早く帰ってきたら、そのメモは処分する。でもメモがあれば、もし、わたしたちのほうが遅（おそ）くなっても、心配をかけずにすむ」

「わかった。そうする」

璃子が大きくうなずく。

「あたし、いま、詩織だけは敵にまわしたくねえって思った」

「わたしも」

璃子があたしを見て、目をまん丸にした。

その日、あたしと詩織は一時半に璃子の家に行った。

父さんと母さんはすでに出かけたあとで、玄関(げんかん)に現れた璃子はトートバッグを片手であげた。

「準備はオッケー。水とかタオルとか、念のため着替(きが)えも入れた。トイレはだいじょうぶなんだけど、いちおうね。待ってて。ゆうを連れてくる」

璃子はトートバッグを玄関に置き、リビングに行ったが、なかなか戻(もど)ってこなかった。あたしたちは様子を見に行った。

「ねえ、ゆう、お外に行こう。レゴはいつでもできるでしょ」

璃子がゆうくんの手を引くが、ゆうくんは動こうとしない。それどころか顔がこわばっている。

「ゆうくん、行こう」

あたしも声をかけた。

「ほら、千秋お姉さんもいっしょだよ。詩織お姉さんもいる。ゆうは好きでしょ、ふたりのこと」

あたしはゆうくんの足もとから赤いレゴをひとつとり、しゅっしゅっぽっぽ、しゅっしゅっぽっぽと、走らせた。

よし。見ている。

「赤電車、つぎの駅は、玄関ー、玄関ー」

しゅっしゅっぽっぽ、しゅっしゅっぽっぽと、ゆっくり玄関に向かう。

「ゆう、急ごう、急ごう」

「乗り遅れたら、大変だよ」

璃子と詩織が、ゆうくんをその気にさせ、ゆうくんがパタパタと赤電車についてくる。

玄関で璃子がゆうくんに小さな靴を履かせる。

「赤電車、つぎの駅は、ゆうくんちのもーん、ゆうくんちのもーん」

詩織がトートバッグを持ち、璃子は玄関に鍵をかけ、ゆうくんのお尻をたたいて走らせる。

いいぞ。門を出る。

「赤電車、つぎの駅は、ゆうくんちの駐車場ー、駐車場ー」

あとすこし。

「ここに乗せればいいんだよね」

「うん」

自転車を押さえる。

「よいしょっ」

璃子がゆうくんを抱えてチャイルドシートに乗せた。

よし。乗せてしまえば、こっちのものだ。なぜかチビたちはチャイルドシートにすわらせると、目的地までおとなしくしている。子どもがみんな、そうなのかは知らないが、うちのチビたちに限って言えば、乗せるときに泣いていても、乗せるといつの間にか泣き止む。ゆうくんもいま、神妙な顔をしている。まるで宇宙飛行士が宇宙に飛び出すときのような顔。見たことないけど。だから言ってやる。

「きみは宇宙飛行士。宇宙飛行士はこれをかぶるんだよー」

チビたちが使うヘルメットをかぶせ、サドルに尻を乗せる。

「三、二、一、ゼロ、しゅっぱーつ」

片足にちからを込(こ)めた。

後ろに璃子と詩織がついてくるのがわかる。たぶん、すぐ後ろは璃子だ。

それほど速く走っているわけではないが、風を感じる。

ゆうくんが、あたしのシャツをつかんだ。

初めてなんだよな、自転車に乗るの。

信号でとまると、斜(なな)め後ろに璃子の自転車がとまった。

「えらいね、ゆう。お姉ちゃん、あんたのすぐ後ろにいるからね」

ゆうくんが、うーと答える。

よし。泣き出す気配はない。子どもってふしぎだ。なんで泣くのか、なんで泣かないのか、さっぱりわからない。

土手まで来ると、ゆうくんをチャイルドシートから降ろし、ヘルメットをとってやる。汗(あせ)をかいた髪(かみ)の毛(け)が風に吹(ふ)かれて、ゆうくんは気持ちよさそうに目を細めた。

「土手の向こう側へ連れてってやって」

「わかった」

璃子と詩織がゆうくんと手をつなぎ、土手をあがっていく。

あたしはその間に、自転車を押し上げ、川に面した側に持っていった。

「ゆう、川だ、川だよー」

璃子の声に、あっああ、あっああと、ゆうくんが答えている。

「ふたりとも、自転車をこっち側に持ってきたほうがいい」

「了解」

あたしはポケットから赤電車を取り出し、車掌のような声を出す。

「ただいま、赤電車、土手駅にとーちゃーく。土手駅にとーちゃーく」

ゆうくんが、うふうふと笑う。

璃子と詩織が、きっつーと言いながら、自転車をこちら側に持ってきて、あたしの自転車のそばに倒した。

「お疲れ。『かわうそ』はあそこ」

三十メートルほど先を指差す。土手の下、川からは離れた平らな場所に店がある。

「ほんとだ。海の家みたい」

「あとで焼きそば食べよう。川眺めるなら、この辺がいいよ」

あたしたちは土手のなかほどに腰をおろした。

川は左から右へ、ゆっくりと流れている。遠い対岸には草がぼうぼうと生え、崖のように高くなったところに家がならんでいる。

ううう、ううっ。ゆうくんが土手の草を引きちぎって、口に持っていく。

「あ、駄目、ゆう、ばっちいから口に入れちゃ駄目」

けど、ゆうくんは璃子の言うことをきこうとしない。

あたしは赤電車を出した。

「しゅっしゅっぽっぽ、しゅっしゅっぽっぽ」

レゴを動かすと、ゆうくんが気づいて、手を伸ばす。

それを璃子に渡した。

「しゅっしゅっぽっぽ、しゅっしゅっぽっぽ」

璃子は四つん這いになって草のなかを走らせた。草の林を、赤電車が進んでいく。

ゆうくんの目には赤電車しか見えないのだろう。ついてゆく。

「千秋って、ほんとに子どもをたぶらかすのがうまいね」

詩織が半ば感心し、半ばあきれたように言う。

「それ、ほめてる？」

「ほめてる」

あたしは、すわったまま両手をうーんと空に伸ばした。なつかしいなあ。

「まえに住んでたマンションってさ、ここから歩いてすぐのところにあって、母さんが死んでから、父さん、あたしを連れてよくここに来たんだよね。ここにこんなふうにすわって、ぼーっと川眺めてた」

すこし向こうで、あっあっとゆうくんの声がする。璃子といっしょに楽しそうだ。

「父さん、川眺めてばっかだったから、あたし、退屈になってさ、で、あの店に行ってみたわけよ。焼きそばがあるってわかったから、父さんからお金をもらって、焼きそばつくってもらって、ここで食べた」

「おいしかったんだ」

「うん。うまかった。そのうち、父さんがあの店に行くようになって、店の外にあるテーブルでさ、ビール飲みながら、川、眺めるようになった。焼き鳥とかモツ煮とか食べながら。で、あの店に、陽子ちゃんがいたわけ。あたしのいまの母さん。店主だったんだよね。だから、まあ、あたしが父さんと陽子ちゃんの恋のキューピッドだな」

「そうだったんだ」

詩織が首を傾げて店を眺めていた。

「でもさ、ふたりが結婚するってわかってからは、あたし暴れた。結婚してからは、もっと暴れた。公園で詩織に話したじゃん。暴れまくり。陽子ちゃんは結婚すると、あの店、弟に譲ってやめちゃったし、父さんも、もうここには来なくなったから、あたし、ひとりで来てさ、ぎゃあああああって叫んでたんだよね。店のお客さんがびっくりするくらい大声で。でも、お客さんも慣れたもんでさ。知ったこっちゃないって感じ。腹がへったころ、陽子ちゃんの弟、つまりあたしのオジキが、焼きそば、持ってきてくれるんだ。特製だって、目玉焼きがのったやつ」

「目玉焼き？」

「うん。黄身のところがとろとろでさ、つぶしながら食べるんだけど、これがまたうまいの。麺にからんで。でさ、皿を返しに店に行くと、なんかみんなの目がやさしいんだよね」

璃子とゆうくんの笑う声が聞こえる。

「そっか。千秋のおじさんに会いたくなっちゃった。あ、会えるか。焼きそば食べに行くんだもんね」

「たいしたもんじゃないよ。耳にピアスした変なおっさん」

「ピアスかあ。歳は？」

「陽子ちゃんより五個下だから、二十七」

「若いんだ」

若いのかな。まあ、オジキとしては若いか。

「あ、思い出した。父さんとここで、水切りやったんだ」

「水切り？」

「平べったい小石を投げて、水を切るの。知らない？　教えてやるよ」

川べりまで行って、小石を投げた。

ちゃぽん。

「いまのは石が悪かった」

二度、三度と投げる。くうう、うまくいかね。四度目にようやく石が水を切った。

一回、二回。

「すごい」

「五回、切ったことがあるよ。父さんの記録は七回」

「七回も」

「さすがにあの記録は超えられなかった」

忘れていた記憶がよみがえってきた。川を眺めてぼーっとしている父さんの横顔しか憶えていないと思っていたけど、水切りして笑い合ったことも、得意げな顔で、あたしにコツを教えてくれたこともあったっけ。

「ちょっとー、ふたりともなにしてんのっ。ゆうの相手してよ。わたし、疲れちゃったよお」

璃子の声が土手のほうからする。

「ごめん、ごめん」

あたしと詩織は急いでふたりのところに這い上がった。

「ゆうくん、なにして遊ぼう？　千秋に水切り、教えてもらう？　それはまだ早いか。あ、いいのがあった」

詩織は綿毛になったタンポポを茎のところから折って、ふうっと吹いた。

綿毛が飛ばされ、空のなかに消えてゆく。

ゆうくんの目と口がぽかんとあいた。

「もう一本やってみようか」

詩織がまたふうっと吹く。

あっああ、あっああ。

「吹きたい？」

詩織は、ゆうくんを胸に抱き、綿毛をゆうくんの口もとに近づけた。ふうだよ、ふう。でも、ゆうくんには、ふう、ができない。詩織が代わりに吹いた。ふう、ふう。

あっああ、あっああ。ゆうくんが喜ぶ。

詩織も、子どもをたぶらかすの、けっこううまいじゃん。あたしはそう思って、璃子といっしょに眺めていた。

詩織がこっちを向いた。ゆうくんも向いている。

「璃子っ、ゆうくん、璃子を呼んでるかも」

耳をすませた。

　　いーおっ。

そう聞こえた。

「もう一回、やってみるよ」

詩織がゆうくんに顔を寄せ、綿毛をふうと吹く。

ゆうくんは飛んでゆく綿毛に手を伸ばしたあと、璃子を見て、いーおっ、と言った。

「いいよっ、に聞こえたけど」

璃子は首を傾げた。

「璃子って言ってるんだって。千秋の後ろに隠れてみて。ゆうくんに見えないように」

璃子はあたしの背中に隠れた。

詩織がそうっとあたしにゆうくんを近づける。

「あっ、見ーつけた」


いーおっ、いーおっ。


「璃子、そうかも。りーこって言ってるかも」

「うそでしょ。お願い、もう一回やって」

璃子はまたあたしの陰に隠れたが、ゆうくんは、きゃっきゃっとうれしそうにするだけで、いーおっ、は終わってしまった。

「微妙だったなあ」

璃子が残念がる。

「わたしの耳には、璃子って聞こえたよ」

詩織が言い、あたしも「璃子」に一票を投じた。

「ほんとに？」

「うん」

「たぶん」

「ほんとにほんと？」

あたしたちが盛り上がっている横で、ゆうくんがタンポポをつかんだ。綿毛がまんまるになっているのを口に持っていき、ふっ、ふっ。吹こうとしている。いいぞ。頑張れ。あたしたちは、うきうきした気分でいた。ゆうくんがつぎになにを見せてくれるのか、楽しくて、うきうきしていた。

ふっ、ふっ。

綿毛はなかなか飛んでくれない。

焦（じ）れたのか、ゆうくんはタンポポを乱暴に揺（ゆ）らし、半分くらいの綿毛が飛んでいった。けれどまだ半分残っている。どうするつもりだろう。あっ。

「駄目（だめ）、ゆう。駄目っ」

口に入れようとしたところを璃子が奪（うば）って、捨てた。

ゆっくりとゆうくんの顔がゆがんでいく。

ぎゃあああああああああ。ぎゃあああああああああああああ。ぎゃああああああ。ぎゃあああああああああ。ぎゃあああああああああああああ。ぎゃああああああ。

凄（すさ）まじい泣き声だった。

璃子が抱（だ）き上（あ）げ、よしよしと揺すった。

けれど、ゆうくんの泣き声はやまない。

ぎゃあああああああああ。ぎゃあああああああああああああ。ぎゃああああああ。ぎゃあああああああああ。ぎゃああああああああああああああ。ぎゃああああああ。ぎゃあああああああああ。ぎゃああああああああああああああ。ぎゃああああああ。ぎゃあああああああああ。ぎゃああああああああああああああ。ぎゃああああああ。

どれだけ叫んでもいいように、ここに来たのだけれど、ゆうくんの凄まじい泣き声はあたしの予想を超えていた。ここにいるのは、あたしたちのほかには「かわうそ」のお客さんたちぐらいだが、ぎょっとしているだろう。なんとかしなきゃ。

「璃子、レゴは？」

「あ、レゴ」

璃子はゆうくんを抱きながらポケットを探したけれど、見つからない。

「どこかに落としたみたい」

璃子はあやすのにひっしで、詩織は青くなり、あたしはどうしていいかわからずパニックになった。

ぎゃあああああああああ。ぎゃあああああああああああああ。ぎゃああああああ。

ぎゃあああああああああ。ぎゃああああああああああああああ。ぎゃああああああ。

ぎゃあああああああああ。ぎゃああああああああああああああ。ぎゃああああああ。

ぎゃあああああああああ。ぎゃああああああああああああああ。ぎゃああああああ。

ぎゃあああああああああ。ぎゃああああああああああああああ。ぎゃああああああ。

ぎゃあああああああああ。ぎゃああああああああああああ。ぎゃああああああ。

ぎゃあああああああああ。ぎゃああああああああああああ。ぎゃああああああ。

ぎゃあああああああああ。ぎゃああああああああああああ。ぎゃああああああ。


永遠に続くかと思われた泣き声が、ぴたりとやんだ。

だれかがゆうくんを肩車(かたぐるま)し、ゆうくんの両足を脇(わき)のところでがっちりつかんでいた。ゆうくんはひっく、ひっくとなりながらも、じっと遠くを見ている。

そのひとがだれか、わかった。

「月彦(つきひこ)」

「呼び捨てにするな。月彦おじさんだろうが」

璃子も詩織も唖然(あぜん)として月彦を見ている。

「あ、このひと、あたしのオジキ。というか、あの店の店主」

「すいません。弟がうるさくして」

璃子が頭をさげ、詩織もあわててさげた。

「あやまらなくていいよ。子どもは泣くもんだから。こいつなんか、もっとすごかったんだぜ。この世の終わりみたいに泣いて、わめいて、地団駄踏んで、なあ？」

月彦は、そうだろ、とあたしを見る。

くそっ。

けど、んなことより。

「なんで泣きやんだの？」

そう思ったのは、あたしだけじゃない。璃子の顔にも詩織の顔にも、手品でも見せられたような驚きが浮かんでいる。

「見える世界が変わったからじゃねえの。一瞬で変わったから、思わず見入っちゃうんじゃねえの。そこんところは、おまえのほうが知ってんだろ」

「あたしが？」

「憶えてねえの？　おまえがあんまりぴーぴー泣くから、俺が肩車してやったら、ぴたっと泣きやんだだろうが」

「あたしが？」

月彦がおおっと、目でうなずく。

言われてみれば、うっすらと記憶(きおく)があるような。だれかに肩車(かたぐるま)されて、対岸のあの風景を眺(なが)めていたような。ちょっと待て。

「ひょっとして、あたしのスカートのなかに頭入れたのか」

だとしたら許さねえ。この、ドスケベ。

「なわけねえだろ。おまえ、いっつもズボンだっただろうが」

うん。だな。確かに、あたしはズボンが多かった。

「俺(おれ)の経験で言うと、十中八九、子どもは肩車で泣きやむ」

ほうう。知らなかった。

「焼きそばでも食うか?」

「そのつもり」

「なら、きょうは、ここじゃなく、店で食べろ。そのほうが俺も安心だ。外のテーブルなら川もよく見える」

どうする、とふたりを見れば、まるで双子(ふたご)のようにうなずいた。

ガラス戸を全開にしてある店のなかには、半分くらい客が入っていた。何人かで来ているひともいたが、ひとり客も多い。ひとりで来ても、顔見知りなのか、テーブル越しに話していたりする。店のなかから声がかかる。

「月さん、きょうは若いお客さんがぞろぞろだねえ」

若いお客さんとは、あたしたちのことだ。

「ええ、まあ」

月彦はゆうくんを肩から降ろして、背もたれのない長椅子にすわらせてやった。

「さては、おまえか。盛大に泣いていたのは」

「それにしてもすげえ声だったなあ」

お客さんたちに話しかけられ、璃子も詩織もどうしたらいいんだろうという顔をしたから、教えてやった。

「ぜんぜん気にしなくていい。あたしたちと話そうと思ってるわけじゃないから。あのひとたち、思ったことが、ぜんぶ口に出ちゃうだけ。この店、そういうひと、多いかも」


「つきさんって？」

詩織が声をひそめる。

「オジキのこと。お月さんの月に、彦根の彦で、月彦って名前。ここのお客さんは、みんな月さんって呼んでる」

「月さん、いい名前だね」

詩織があごの下で手を組んだ。

「詩織って、もしかして、すごい年上が好きなの？」

璃子の目がちろっと光る。

「違うって。名前がいいなあって思っただけ」

「あやしい。いまうっとりしてた。千秋のおじさん、ちょっとかっこいいし」

「かっこいい？　どこが」

「いいよね？」

「うん、かっこいいと思う」

「ほら、詩織が認めた」

「だから、そういう意味じゃなくて」

ゆうくんが、そんな詩織と璃子のあいだに、おとなしくすわっているのが可笑しかった。あんだけ泣いたら、バッテリー切れにもなるか。

「ねえ、さっきおじさん、千秋のことを肩車したって言ってたよね。びーびー泣いていたからって」

璃子の矛先が詩織からあたしへ、ひょいと向いた。

「んなこと、言ってたかな」

「言ってたよ。ねえ」

「うん。言ってた」

詩織がくすっとする。

「千秋、あそこで、叫んでたんじゃなくて、泣いてたの?」

こういうときの璃子は、かなりしつこい。

「まあ、たまには、んなこともあったかな」

「どうして泣いてたの？　千秋って、むかし、すっごく尖ってたよね。小学生って思えないくらいに。あれって、なんだったの？」

「まあ、いろいろと」

詩織が菩薩さまのように微笑んでいる。それがなぜか璃子に伝わった。

「あれ、なに？　知らないの、わたしだけ？　ひどいっ。教えてよ」

璃子がぷーっとふくれた。

こうなったら、しかたがない。璃子にも洗いざらいぜんぶ話した。父さんの再婚のこと。それにまつわるいろいろなこと。陽子ちゃんの指を噛んだときのことも話した。

「だから、ゆうが千秋のほっぺ、がぶしたとき、なにもしないでって言ったの？」

「それ、詩織にも言われたけど、あのときはとっさ。でも頭のどっかに、陽子ちゃんのことがあったんだと思う」

「お待たせしました。月さんが、チビちゃんにはこれをって。味を薄くしてあるから。それからこれは、ぜんぶ月さんのおごりですって」

アルバイトのお姉さんがにっこり笑い、目玉焼きをのせた焼きそばと、水が入ったコップを、あたしたちの前にとんとんと置いてゆく。ゆうくんの前に置かれたのは、小皿に盛られた細かく切った焼きそば。小さいスプーンも添えられていた。詩織と璃子が、カウンターの奥のオジキに向かって頭をさげた。

「食べてみて。うまいから」

あたしはすっかり身内気分だ。てか、身内なんだなあと、しみじみ思う。

「うん、おいしい」

「目玉焼きがのったの、初めて食べたけど、おいしいね」

「こうやって外で食べると、うまさが二割増しになるわけよ」

ゆうくんは焼きそばが初めてだったのか、そろりそろりと食べていたが、気に入ったようで、小さなお皿のなかのものをぜんぶ食べた。

風が時おり、あたしたちのあいだを吹き抜けてゆく。川はゆったりと流れている。

「気持ちいいねえ」

「うん。すっごくいい」

「だろ」

お腹(なか)がいっぱいになったゆうくんは璃子によりかかって眠(ねむ)り、あたしたちは思い出したようにおしゃべりをしては川を眺(なが)めた。

店のなかの時計を見上げた璃子があわてた。

「あ、いけない。パパとママが帰ってくる」

「やべ。急ごう」

ゆうくんを起こして、あわただしく璃子の家を目指した。


いやな予感というのは、どうして当たるんだろう。

璃子のうちの駐車場(ちゅうしゃじょう)にはすでに車があった。

あたしたちは四人で玄関(げんかん)に入った。

「いったいどこに行っていたの。電話をしても出ないし」

上(あ)がり框(がまち)に突(つ)っ立(た)った璃子の母さんの顔面は蒼白(そうはく)だった。

「遊びに行ってくるって、ちゃんとメモ残しておいたよ」

「あんなもので安心できるわけがないじゃない。パパが心配して捜しに行ったのよ。もし、見つからなかったら、警察に連絡しなきゃと思っていたのよ」

「ママ、心配しすぎ。そんなの、おかしい」

「親が子どもの心配をするのは当たり前でしょっ」

あたしと詩織は、がばと頭をさげた。

「すいませんでした」

「ああ、ゆう。ゆう、おいで、ゆう」

ゆうくんは後ずさりして、璃子の後ろに隠れた。そのゆうくんを、璃子が母さんのほうに押しやった。

「ゆう、ゆう、ゆう」

母さんが、ゆうくんの腕をとって引き寄せた。

ゆうくんの背中がこわばっているように見える。

泣くのじゃないか。あれは、泣く。

「ゆう、ゆう、ゆう、ママがどれほどあなたのことを心配したか。ねえ、わかってる？　ママ、心配でたまらなかったのよ」

　ぎゅうっと抱きしめた。ゆうくんの洋服がよれて、くしゃっとなる。あごが母さんの肩にのる。

「ああ、ゆう、ゆう、ゆう」

　ゆうくんは泣かなかった。

　璃子がトートバッグのなかを漁り、スマホを出した。

「ママ、ごめん。音消してた」

　あたしと詩織は、璃子に、じゃあねとだけ言って、そっと玄関を出た。

　自転車のペダルを漕ぎながら、詩織に話しかけた。

「どうなるかな？」

「わからない。でも、なるようになる」

「うん。だな」

　詩織って、やっぱ、太いよな。あたしは、そう思った。

7章　千秋――乾杯しよう

ラインの着信音が鳴った。やっときた。

《きょうはごめん》璃子

《こっちこそだよ》

既読がすぐにふたつついた。

《怒られた？》詩織

いちばん心配していたことを、詩織がきいてくれた。

《それほどでもない。パパには、ママに心配かけるなって言われたけど、そのくらい》璃子

《ほんとに？》

あたしもきいた。
《ほんと。ふしぎなくらい》璃子
《河原に行ったこと、話した？》
《話した。そのほうがいいと思って。ゆうが、ぎゃん泣きしたことも話したし、千秋のおじさんが肩車したら、泣きやんだことも話した。おじさんが焼きそばをつくってくれたことも》璃子
《そしたら？》
璃子の父さんや母さんは、どう思っただろう。
《パパもママも、ふしぎなくらい、わたしの話を聞いてくれた。ゆうが、いい子にしていたからかな。だからかな。話し終わると、パパが言ったの。そうかって。肩車したら、ゆうのぎゃん泣きがおさまったのかって。でね、ぽつりと、こんどは俺が肩車しなきゃなって。そしたら、ママが下を向いた。肩がふるえていて、泣いているんだってわかった。いちゃいけないような気がして、自分の部屋にあがってきちゃった。しばらくしたらママが、璃子、晩ご飯よ、降りていらっしゃいって言うから、恐

る恐る降りていったんだけど、パパもママもすごく穏やかだった》璃子
《ゆうくんは？》詩織
《レゴをちょっとやって、いまはもう寝てる。きょうは充実の一日だったでしょ。たぶんくたくた》璃子
《璃子はだいじょうぶ？》詩織
《うん。だいじょうぶ。家のなかがこんなに穏やかなのは、ほんとうにひさびさで、うそみたいで、狐につままれるって、こんな感じ？》璃子
《ならよかった》詩織
《うん。よかった》
ほっとした。

璃子は学校でも、ゆうくんのことを話すようになった。家族で「かわうそ」に行ったことや、ゆうくんがぎゃん泣きして、父さんがあわてて肩車したこととか、肩車をしてもらうと、やっぱりゆうくんのぎゃん泣きがおさまったことなんかをうれしそうに。

「そうそう、ゆう、肩車のほかに、飛行機も好きなのがわかった」

そしてそれを見つけたのは、父さんだと教えてくれた。

「飛行機って、千秋がやったみたいな積み木の飛行機？」

詩織が話をつかめずにきいた。

「違う、違う。飛行機っていうのはね、寝っ転がって、足の裏にゆうのお腹を乗せて、高い高いーってやること。ゆうにしてみれば、両手を広げて空を飛んでるような気分になるのかな。くふくふ笑うの。あ、そうだ。ママがふたりに、遊びに来てって。そう伝えてって」

「どうする？」

詩織を見る。

「行こう。ゆうくんにも会いたいし」

ゆうくんのぎゃん泣きは、なくなったわけではなかったので、あたしも詩織もすこし緊張して璃子の家のリビングに入った。

璃子の母さんがすぐにあたしたちをダイニングテーブルに呼び寄せた。

「また近所のケーキ屋さんので、ごめんなさいね。でも、おいしいから」

璃子の母さんはケーキをとりわけ、ガラスのポットからガラスのティーカップに温かいものを注いだ。注がれたものは紅茶より明るい色で、ガラスのポットのなかには生の花や葉っぱがくたっとなっている。

「あの、これはなんですか？」

詩織がきいた。

「ハーブティー。うちの庭にあるハーブを摘(つ)んだの。お口にあうといいのだけれど」

あたしも詩織もそっとカップに口をつけた。

「おいしいです。とってもさわやかで」

詩織が答える。

「よかった。さわやかなのはミントを入れたから」

璃子の母さんはふわっと笑い、璃子があたしにきく。

「千秋はどう？」

「なんか、すんげえ優雅な気分」

璃子も璃子の母さんもくすっとし、やっぱふたりは似てるなって思う。

ゆうくんはあいかわらずで、リビングの隅でレゴをやっていた。レゴに夢中で、あたしたちがケーキを食べていることに気づいていないみたいだ。もしかしたら、あたしと詩織がいることにも気づいていないかも。気づけよ。からんでこいよ。こころんなかで念じてみたが、あいつは顔さえあげない。

「ゆうのこと、ありがとう」

璃子の母さんが頭をさげた。

「いや、あたしら、なんも」

あたしも詩織もあわてた。

「それでも、ありがとう」

「ねえママ、こんどふたりに、ママの手作りケーキを食べさせてやって。これより、もっとおいしいから」

璃子がフォークを口に運びながら言う。

「そうね。そのうちね」

璃子の母さんはふんわり笑った。

思えば、いろんなことがあった。

詩織にひどいことばを投げつけたこともあったし、三人が険悪になったことも、どうしていいかわからなくなったこともあった。

自分でも驚くくらい、自分のことをしゃべったりもした。

そうそう、忘れちゃいけない、あれから映画館に三人で行くこともした。

そうやって、あたしたちの中学三年は終わった。

卒業式のあと、あたしたちはふたたび「かわうそ」に集まった。

アルバイトのお姉さんが、水の入ったコップをそれぞれの前に置いて、きいてくれる。

「なににしますか？」

「焼きそば。目玉焼きのせで」

「わたしもそれを」

「わたしも。あ、すみません。青のり抜いてもらってもいいですか？」

お姉さんは了解と微笑んだ。

「璃子、青のり苦手だった？」

詩織がきく。

「前歯につくといやだもん」

「はあ？　なにそれ」

青のりがあったほうが断然焼きそばはうまいのだと言おうとしたが、詩織にやんわりとめられた。

「きょうはお祝いの日だから」

そう。そうでした。あたしたちはそれぞれに受験を突破し、もうすぐ高校生になる。めでたい。璃子は制服がかわいくて、校舎も趣のある私立に。詩織は目指していた公立に。あたしも家から近い公立に。

「よしっ、乾杯しよう。あたしらの輝かしい未来に」

「乾杯っ」

コップをこつんとぶつけ合った。

「うひひ、あたしもう、スカートはかなくていいもんね」

「なんで？　どうして？」

璃子がきいてくる。

「うちの高校、制服選べるからさ、ズボンにする。そうすりゃ、いくらでも足開いてすわれるっしょ」

「あのね、こっちはジーパンでもだいじょうぶ」

詩織がにこっとする。

「うそっ。ジーパン、いいの？　信じらんねえ。あたし、ジーパンがいい。制服よりジーパンがいい」

「ほんとにジーパンでもいいの？」

璃子も目をまるくする。

「うん。いいの。服は自由。でね、それを勝ち取ったのは生徒なの。あの高校、自治が強くて、生徒会の活動に教師が口をはさむことはまずないんだって。文化祭とかも、ぜんぶ自分たちの手でやるの」

詩織があんまり熱心に話すから、茶々を入れた。

「私立にはもう未練がなくなったってか？」

「ない。わたしにはあの高校がいい」

「詩織らしいね。詩織はまあ、受かるだろうと思ってたけど、わたし、千秋のことは心配したんだよ。受かってよかった」

璃子がしみじみと言う。

「あたしだって、やるときはやるんだって」

陽子ちゃんはあたしに、ひとことも受験勉強をしろとは言わなかった。学校に行くのも行かないのも、勉強するのもしないのも、ぜんぶあんた次第(しだい)。あんたの人生なんだからって。父さんは、陽子ちゃんの意見に反対することはなかったけれど、こっそりあたしに言った。勉強はしといたほうがいいぞ。たとえそれが√やπであってもだ。おまえの人生に√やπが関係なくてもだ。そんな、わけのわからないことを。

そしてあたしがどうしたかといえば、そこそこ受験勉強をした。父さんに言われたからじゃない。チビたちと自分のためにだ。チビたちにとって、あたしはスーパー姉ちゃんだった。なんでも知っていて、なんでもできるスーパー姉ちゃん。あいつらが中学生になって一次方程式とかにつまずいたら、ここはこうやって解くんだと、どや顔で教えてやりたかった。そのへんくらいまではスーパー姉ちゃんでいたかった。

「ふたりに発表があります」

璃子が両手でばんとテーブルを押さえた。

「なに？」

あたしと詩織は、前かがみになった。

「ゆうが、ついに、ことばを話しました」

「ほんとに」

「やったあ」

「ゆう、なんて言ったと思う？」

「りこ。りーこって。違う？」

詩織が言った。

「そうだったらうれしいんだけど、ハズレ。はい、千秋」

そうじゃないなら、なんだろう。

「まんま、とか」

「ハズレ。あのね、れお、って言ったの。わかる？」

「れおって、やっぱりそれ、璃子、じゃないの？」

詩織がふたたび言った。

「じゃない。ゆうは、レゴって言ったのよ」

璃子は詳しく教えてくれた。掃除をするのに邪魔だったから、レゴは箱のなかにしまわれて、ゆうくんの手の届かないところにあったのだという。ゆうくんは璃子の母さんに「れお」と言ってせがんだ。もしかしたらと、母さんがレゴをあげると、ゆうくんは満足そうな顔になって、すぐにレゴで遊び始めた。そして、その話を聞いた璃子の父さんが、ゆうくんにきいたのだという。これはなんだって。手の上に、レゴをひとつのせて。ゆうくんは、れお、と答えた。

「わたしも確かめた。間違いない。ゆうはレゴを、れおって言ってる。ゆうの最初のことばはレゴでした」

「そっかあ。レゴかあ。ゆうくんらしいねえ」

詩織がうなった。

まったくだ。ゆうくんらしい。

焼きそばが運ばれてきた。

「うまそ。いただきまーす」

あたしは詩織の肩をつついてカウンターの向こうのオジキにピースを送り、割り箸を割った。詩織は頭をちょっとさげただけだったけれど、頬が赤らんだような気がしないでもない。

「ね、これ最後の晩餐じゃないよね」

璃子が上目遣いで、あたしと詩織を見る。

「なかなか会えなくなるだろうけど、会おうよ。わたしはふたりに会いたい」

すぐに答えたのは詩織だ。

「うん、会おう。あたしら、ばあさんになっても、ここでこうやって焼きそば食ってたりして」

青のりがのったところを口に入れ、にっと笑ってやった。

「やーめーてー」

璃子はいやがり、詩織はくすくすと笑った。

森埜こみち（もりの・こみち）
岩手県生まれ、秋田県育ち、埼玉県在住。第19回ちゅうでん児童文学賞大賞を受賞した『わたしの空と五・七・五』（講談社）でデビュー。同作で第48回児童文芸新人賞を受賞。『蝶の羽ばたき、その先へ』（小峰書店）で、第17回日本児童文学者協会・長編児童文学新人賞、および第44回日本児童文芸家協会賞を受賞。おもな作品に『こんなときは!』（銀の鈴社）、『おはなしSDGs　飢餓をゼロに　走れトラック、ねがいをのせて!』『すこしずつの親友』（ともに講談社）、『どすこい!』（国土社）、『真昼のキョーフ』（共著・フレーベル館）などがある。

装画／植田たてり
装幀／岡本歌織（next door design）

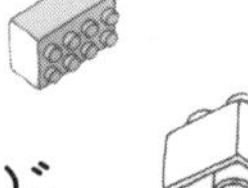

彼女たちのバックヤード

2024年1月24日　第1刷発行
2024年7月24日　第2刷発行

作者　森埜こみち
発行者　森田浩章
発行所　株式会社講談社
〒112-8001 東京都文京区音羽2-12-21
電話　編集　03-5395-3535
販売　03-5395-3625
業務　03-5395-3615
KODANSHA

印刷所　株式会社新藤慶昌堂
製本所　株式会社若林製本工場
本文データ制作　講談社デジタル製作

N.D.C.913 191p 20cm ISBN978-4-06-533790-5